LA BAMBINA CON
I SANDALI BIANCHI

MALIKA BELLARIBI

LA BAMBINA CON I SANDALI BIANCHI

PIEMME

Titolo originale dell'opera: *Les sandales blanches*

Traduzione di *Roberto Boi*

Realizzazione editoriale: *Agostudio, Alessandria*

I Edizione 2009

15033 Casale Monferrato (AL) - Via Galeotto del Carretto, 10
info@edizpiemme.it - www.edizpiemme.it

Stampa: Mondadori Printing S.p.A. - Stabilimento NSM - Cles (Trento)

Qualunque sia la difficoltà
che la tua giovinezza deve sopportare,
lascia che si espanda, quella benedetta ferita
che gli angeli neri ti hanno fatto in fondo all'anima;
niente ci rende più adulti di un grande dolore.
Ma per esserne colpiti, io non credo, o poeta,
che la tua voce quaggiù debba restare muta.

I canti più belli sono quelli più disperati,
ne conosco di immortali
che sono veri singhiozzi di pianto.

ALFRED DE MUSSET
La Muse

Prologo

È qui che tutto è cominciato, in questo miserabile quartiere che mezzo secolo fa ospitava la bidonville di Nanterre. Una città nella città, formata da casette con i muri di mattoni, tirati su alla meglio e il pavimento di terra battuta. I più ricchi stendevano delle pelli di montone a far da tappeto. I poveri – ben più numerosi – non stendevano niente. Ma è qui che tutti coabitavano, ricchi e poveri, sotto tetti di lamiera arroventata d'estate e gelata d'inverno. In genere c'era una sola stanza per l'intera famiglia, che fosse di quattro o di dodici figli, un'unica stanza dove tutti dormivano appiccicati l'uno con l'altro, maschi e femmine, e ciascuno al contrario, la testa di fianco ai piedi del vicino. Fuori, sotto la tettoia, c'era la biancheria stesa. Dentro, nei catini, altra biancheria a mollo, perché qui, per quanto miserabili, la pulizia non era una parola vana. Le donne trascorrevano le loro giornate tra le faccende domestiche. Iniziavano con l'andare a riempire i secchi alla fontana più vicina, a volte cinquecento metri, più spesso un chilometro. Poi toglievano materassi e coperte dal pavimento di terra battuta, li sistemavano alla meglio contro il muro e facevano spazio al braciere, usato a mo' di cucina. E pian piano il profumo del caffè si spandeva, riempiendo uno spazio sempre troppo stretto. Fuori, un po' dappertutto, si rideva e si urlava e ci si affrettava, mentre un fiume di bambini, il patrimonio del quartiere, fuoriusciva dalle baracche. La giornata cominciava, in inverno come in estate, tra i muri delle case tinteggiati d'azzurro e ocra.

Azzurro, come il mare. Ocra, come il sole. Ocra e azzurro, sabbia e acqua, simboli dell'Algeria, paese che qui, nella città delle Margherite, tutti hanno lasciato con rassegnazione, per venire a chiudersi nel grigiore parigino. Compreso mio padre, un uomo alto e dalle spalle larghe, che porta il nome di un profeta, Mohamed. Quando è stato, esattamente, che si è imbarcato sulla nave che lo ha portato a Marsiglia? Come ha vissuto lo sradicamento dal suo paese, l'angoscia durante la traversata, la separazione dai suoi? Non me lo ha mai raccontato. I miei non parlavano mai di queste cose, e ancora oggi, alcuni della mia famiglia hanno difficoltà a tradurre in parole le loro pene. Comunque sia, Mohamed è arrivato qui, a Nanterre. Si è costruito una casa – un tugurio uguale a tutti gli altri –, ha comprato i quattro muri di un negozietto di alimentari e si è messo a fare, come già suo padre e i suoi fratelli, il commerciante. Commerciante? Sì, ma non solo. Di giorno vende frutta, verdura, pasta e spezie. Di sera e di notte milita nel Fronte di Liberazione Nazionale, soprattutto raccogliendo fondi per la causa, la rivoluzione algerina. Noi, i suoi figli, non ne sapevamo nulla. E non sono nemmeno sicura che lo sapesse mia madre. D'altronde, cosa sapeva, esattamente, della sua stessa vita?

Un passo indietro. Torniamo in Algeria. Siamo a Mostaganem, attaccata a Oran. Qui la luce è così intensa, il mare così blu che gli occhi ne rimangono abbagliati, e il corpo viene come annientato dal calore. Sarà questo il motivo per cui, da secoli, le donne si riparano sotto veli bianchi? Ci dev'essere stato un tempo, ne sono certa, in cui il velo non era sinonimo di prigione, ma di semplice protezione contro la fornace nelle strade. Ma per mia madre, è già troppo tardi.

Si chiama Fatima, un nome da predestinata, essendo quello della sposa del profeta Mohamed. È cresciuta in una famiglia borghese, insieme a tre sorelle e quattro fratelli. I suoi possedevano una flottiglia di pescherecci ma i loro soldi non impedirono di darla in moglie a soli quattordici anni. Fu un bel matrimonio, ricco dei tradizionali vocalizzi delle donne arabe; un ampio velo celava la ragazzina che uno sposo molto più grande di lei si preparava a fare sua. Dopo la prima notte, mia madre s'innamorò di lui. Una fortuna, ma anche una disgrazia. Una fortuna perché per qualche mese visse felice al suo fianco, il tempo di avere un bambino, il primogenito, mio fratello Taieb. E una disgrazia, perché dopo il parto fu ripudiata. Perché? Per quale motivo esattamente? Ammesso che lo abbia mai saputo, non ne ha mai parlato. Tornò dai suoi, con il figlioletto e la vergogna che la copriva dalla testa ai piedi, come un vestito sporco. Dopo l'affronto, sull'amore ha dovuto porvi una pietra sopra. E soprattutto, ha dovuto accettare di risposarsi. Un secondo matrimonio combinato, con quello che sarebbe poi diventato mio padre...

Ed è così che quei due, Fatima e Mohamed, sono arrivati in Francia. Sposi nel corpo, ma separati nell'anima. Due estranei, insediati nella bidonville delle Margherite, a Nanterre. Il posto dove tutto è cominciato.

1

1956. La guerra d'Algeria è ancora agli inizi, ma la bidonville delle Margherite vive già al ritmo delle notizie che giungono dal "paese" e intanto, il saperci sul loro territorio spaventa i francesi. Quante famiglie vivono a Nanterre, ammassate una sull'altra? Cento? Duecento? Quel ch'è certo è che formano una specie di verruca nel contesto ambientale, un ghetto, regolarmente visitato dalle forze di polizia. Anche se le cose sono ancora tranquille, qui a Nanterre si vive nella paura. Ed è in questo clima di paura che io vengo alla luce, settima di una serie di figli che arriverà a nove, una bambina dagli occhi neri che viene chiamata Malika, nome che in arabo significa "la regina".

Quel nome, tuttavia, non avrebbe potuto essere più sbagliato, almeno in quel periodo. Perché nessuno, a casa, è felice del mio arrivo. Taieb, Amar, Dodi, Hayat, Mohamed, Djamila, i miei fratelli e sorelle, stanno già molto stretti nell'unica stanza della casa. Di notte dormono per terra, su pelli di montone, e al mattino escono presto, anche per lasciare mia madre alle faccende e a preparar da mangiare: caffelatte e biscotti di semola al mattino e *tagine*[1] durante la giornata: grazie al piccolo negozio di alimentari di mio padre, il cibo non manca mai. Ma se mangiano ogni giorno a sazietà, i sei bambini si lavano di rado, perché manca l'acqua corrente e non c'è nemmeno elettricità. Quanto alla scuola, ci vanno a piedi; e certo non si può dire che ci si trovino bene, piccoli pezzenti quali sono, con i vestiti rattoppati e i piedi nudi negli zoccoli di legno. Arabi, si diceva all'epoca, non ancora *beurs*[2], come oggi. Sono gli stessi sei bambini che si sporgono sulla mia culla, ansiosi di sapere se la nuova arrivata ruberà loro un po' di quel posto che non hanno comunque, o l'attenzione della quale sono già crudelmente privi...

Si tranquillizzano presto, tutti e sei: mia madre non dimostra affatto di amarmi più di quanto non ami loro. A cullare i miei primi giorni sono le urla di una donna esaurita dalle gravidanze, grossomodo una all'anno, e quelle di mio padre, che grida per farsi obbedire. E poi le botte che si danno, anche davanti ai bambini, rannicchiati dalla paura. È questo il clima in cui cresco, aggrappata al seno di mia madre. Mi allatta, è vero, ma nei miei confronti non ha altre tenerezze. Quando ha finito mi prende, mi sposta come un pacco e mi posa brutalmente tra le braccia di Hayat, la più grande delle mie sorelle; mi consegna a lei giorno e notte, tutte le volte che può: del resto, non ho ancora un anno quando rimane incinta di mio fratello Bibi.

1 Piatto solitamente a base di agnello o di pollo, di origine nordafricana (N.d.T.).
2 Giovani magrebini nati in Francia da genitori immigrati (N.d.T.).

In che giorno siamo? Di quale mese? Di quale anno? Non posso saperlo, sono ancora una bambina piccola, di un anno appena, forse diciotto mesi, una bambolina che per stare in piedi si attacca alle gambe delle sedie, che abbozza qualche passo tra l'indifferenza generale. Che io cammini, che parli o che mangi, non importa a nessuno. Sono solo la settima ruota del carro, una bimbetta che, appena si avvicina troppo, sua madre l'allontana con uno scapaccione. Bibi è nato. Ha preso il mio posto, perciò adesso devo sbrogliarmela da sola, ma con l'aiuto di Hayat, che dall'alto dei suoi sei anni, mi fa da tata. È lei che al mattino mi lava la faccia alla meglio e mi cambia il pannolino. Ed è sempre lei che lo lava, lo strizza e lo stende sotto la piccola tettoia davanti a casa. E ancora lei quella che mi controlla con la coda dell'occhio mentre aiuta mia madre nelle faccende domestiche. Hayat scopa. Hayat pulisce le verdure – pomodori, peperoni, melanzane, zucchine, patate –, Hayat mescola il cuscus. Hayat va a prendere l'acqua e torna correndo, però mai abbastanza in fretta, visto che ogni volta mia madre le urla di essere una buona a nulla. Io intanto, seduta per terra, piango perché ho fame...

«Non ti preoccupare» mi dice Hayat. «Ti scaldo subito un po' di latte.»

Accende il braciere e ci mette sopra un pentolino. Poi, in attesa che il latte si scaldi, si allontana. E se ne dimentica: c'è da capirla, una bambina così piccola occupata in così tante cose... Impaziente, io mi alzo e afferro il manico del pentolino.

Ricordo bene, ancora oggi, la mia sorpresa quando il latte bollente mi si rovesciò addosso, su una spalla. Per qualche secondo non ho nemmeno avuto paura, né ho sentito male, peraltro. Quando il liquido è penetrato nel vestito ho cacciato un semplice strillo. Il dolore è venuto dopo, solamente dopo. All'inizio un po' di pizzicore, quasi niente, giusto degli aghetti sottili che uno dopo l'altro s'infilano dentro i pori. Poi una sensazione di bruciore, sulle prime sopportabile, ma poi, a mano a mano che il liquido bollente si apriva spazi nella mia carne, sempre più intensa. E infine il dolore vero, un dolore insopportabile. Mi faceva così male che non riuscivo nemmeno a gridare. E neanche piangevo, affatto. Restai lì, semplicemente, in piedi, cercando di non far caso a quella specie di lingua rovente che mi stava leccando il braccio. Ma non ci riuscivo, ovviamente. Il bruciore diventava sempre più intenso. E mentre la stanza si riempiva di un odore acre, acido, dalle profondità della mia gola salì finalmente un grido.

Urla – quelle di mia madre – e lacrime – quelle di Hayat – che viene rimproverata. Poi un andare e venire convulso, i vicini che accorrono, l'acqua che viene versata sul mio corpo, le imprecazioni al cielo quando viene scoperta l'estensione della bruciatura; infine il medico arriva e mi applica sulla pelle una garza cicatrizzante. Poi? Poi più niente, un oblio benefico, il tempo che passa, ore, giorni, e il mio braccio che lentamente guarisce, anche se poi conserverà una brutta cicatrice presente ancora oggi. È tutto quel che resta dell'incidente. Nessuno può sapere che è solo un preludio; nessuno può immaginare che presto, tutto quanto il mio corpo diventerà una ferita. La mia vita riprende, una vita uguale a quella di tutti gli altri bambini della bidonville. Niente asilo nido né parco giochi. Niente scuola materna. Solo viuzze polverose come campo da gioco, e barattoli vuoti al posto della palla, qualche pezzo di legno assemblato a mo' di bambola. Intorno, gli adulti passano senza badare a noi, a me, occupati come sono a guadagnare di che nutrirsi, e a fare la guerra ai francesi.

In che giorno siamo? Di quale mese? Continuo a non saperlo. A casa mia non si festeggia né il Natale né i compleanni. Non ci sono candeline e nemmeno regali, i giorni scorrono uno appresso all'altro, tutti uguali, con lo stesso grigiore. Stamattina, come d'abitudine, Hayat prepara il caffelatte e me ne dà una gran tazzona. C'inzuppo il pane che fa mia madre, facendo bene attenzione a non versarmene addosso nemmeno una goccia. Sono una bambina ancora molto piccola, però so già quel che bisogna fare o non fare per evitare le botte: schiaffi da mia madre, spintoni dai miei fratelli, e pizzicotti da Hayat, esasperata dalle troppe incombenze che ricadono sulla figlia maggiore. Una volta soddisfatta la fame, mi alzo e vado a mettere la tazza nel catino dei piatti sporchi ed è proprio in quel momento che sento urlare di fuori. «Al fuoco!» stanno gridando. Al fuoco? Non faccio in tempo a capire che già le braccia di Hayat mi stringono e mi trascinano fuori. Di colpo veniamo avvolte da un calore intenso: il fuoco è a un passo dalla nostra porta, sta devastando la bidonville. Da dove sono partite quelle fiamme arancioni che lambiscono i muri delle case? Si è rovesciato un braciere? Un bambino che giocava con i fiammiferi? Al momento conta solo che l'incendio si sta propagando in fretta, devastando tutto quel che incontra, producendo urla e pianti e imprecazioni e buttando la gente fuori dai loro tuguri, per avvolgerla poi, una volta ammassata nelle viuzze, con un fumo nero e cattivo. Mi entra nei polmoni, mi fa tossire, sputare, soffocare. Se il rogo arriva fino a noi, io e Hayat ci trasformeremo in torce viventi e ci ridurremo in cenere? D'un tratto, mia sorella allenta la stretta e mi sento prendere da altre mani, quelle di un uomo questa volta. Mi solleva bene in alto, mi sistema sulle sue spalle e subito l'aria si fa meno densa, meno pungente, anche meno calda e quando finalmente riapro gli occhi, capisco che ci siamo allontanati dalla zona devastata dall'incendio...

Poi, occorre ricostruire, una ricostruzione faticosa, lenta, un calvario. Ci si impegnano tutti: uomini e donne, vecchi e bambini. Bisogna tirar su di nuovo i muri delle baracche, mattone su mattone, fare del cemento, andare a prendere le lamiere che fanno da tetto. Tutto ciò dura diversi giorni, durante i quali le famiglie si ammassano nelle poche case rimaste intatte. Mio padre, essendo il droghiere, s'incarica degli approvvigionamenti. E al contempo, è quello che nel suo negozietto, grazie agli enormi sacchi aperti pieni di spezie, di semola, di datteri e fichi secchi, di cumino e foglie di menta, fa rivivere il paese natio.

La drogheria. Ancora oggi, se chiudo gli occhi riesco a sentirne l'odore agrodolce e rivedere i ripiani sui quali sono sistemate le bacinelle di metallo e di plastica, le scope, gli strofinacci, e la candeggina che usano solo i ricchi, come lui, come mio padre. Ricco, sì. Perché nella terra dei ciechi, i guerci sono re. Poveri come siamo, noi abbiamo almeno di che mangiare e vestirci. Il che, bisogna ben dirlo, qui alle Margherite è quasi un lusso...

1959. Bidonville, addio. Ammassiamo i nostri magri bagagli su un camioncino. Un ultimo sguardo a quella che è stata la nostra casa e mio padre avvia il motore. Traslochiamo in una casa "vera", a qualche chilometro da lì, in rue Pascal, due stanze e una cantina. Per noi che abitavamo in nove dentro uno spazio di dieci metri quadrati, un palazzo. Perciò, fatto eccezionale, mia madre è di buon umore. Scherza con Taieb, il figlio prediletto, l'unico che abbia desiderato davvero, il figlio del suo amore perduto. Sorride al suo adorato Amar, mio fratello maggiore. E per una volta non maltratta gli altri, Dodi, il dinoccolato, Djamila, la cocca di casa, Hayat, la sua vittima, Bibi, l'ultimo nato. Quanto a me, mi ignora come di regola, ma sto attenta lo stesso, perché so per esperienza che se mi muovo troppo, se mi metto a canticchiare con voce un po' più alta, se occupo troppo spazio, insomma se manifesto la mia presenza, la sua reazione sarà aspra e violenta. Lo so con la testa, ma anche con il corpo: un corpo livido di botte, mai coccolato... Forse, nelle altre case, nelle altre famiglie, esistono madri che cullano i loro bambini cantando delle canzoni. Esistono di sicuro dei posti dove di sera le madri raccontano favole con voce dolce. Ma io conosco mia madre solo dal lato del suo malanimo, della rabbia che le cova dentro, pronta a esplodere in qualunque momento. Perciò, come d'abitudine, su questo camioncino che si allontana dal quartiere delle Margherite cerco di starmene tranquilla più che posso, ubbidiente in maniera esemplare. Non strillo. Non tocco niente. Non parlo né con i miei fratelli né con le mie sorelle. Stare in silenzio e docile è il prezzo perché mia madre dimentichi, per qualche momento, la mia esistenza...

Ci fermiamo. Mio padre posteggia lungo il marciapiede. Siamo arrivati. Scendiamo tutti e iniziamo a scaricare. Uno a uno, i nostri magri averi vengono portati in trionfo nella nuova casa. I cuscini sui quali ci sediamo per mangiare. Il tappeto. I mattoni per sostenere il compensato che ci fa da tavolo. I materassi, le coperte, le stoviglie, i vestiti, le scarpe, gli utensili da cucina. Un ciarpame vario che si ammucchia alla rinfusa nelle due stanze, formando il nostro nuovo ambiente domestico. Io, ancora molto piccola, mi trascino dietro un paio di cartoni pieni di ninnoli e balocchi. Poi, curiosa, approfitto del fatto che nessuno sta badando a me per fare il giro della casa. Guardo i muri, appena imbiancati ma facilmente umidi, fragili, pronti a mostrare le loro crepe al primo inverno. Scopro il pavimento, spaccato qua e là, il lavello della cucina, con i grossi tubi che buttano un'acqua gelata. Mi infilo nella camera che diventerà la nostra, quella dei bambini, una stanza minuscola, dieci metri quadri appena, il che significa che dovremo dormire ancora tutti insieme e girati l'uno con l'altro, testa-piedi testa-piedi, maschi e femmine in base al caso. Una promiscuità che ai più grandi dà fastidio, ma che a me piace: mi piace annidarmi tra le mie sorelle, approfittare del loro calore, sentirmi addosso il loro respiro regolare.

«Spostati, Malika.»

È mio fratello Dodi, con un nuovo carico dal camioncino. Per non irritarlo esco il più in fretta possibile nel piccolo corridoio, e mi trovo di fronte a una porta di legno. Cosa ci sarà dietro? La cantina? Afferro la maniglia e tiro, la porta si apre leggermente, svelando una scala ripida e stretta. Dove sarà la luce? Tasto il muro con le dita, trovo l'interruttore e inizio a scendere, gradino per gradino, ma giù in fondo non c'è niente: solo una stanza vuota, nella quale, in seguito, mio padre sistemerà le armi destinate ai suoi amici del FLN.

Luglio. La sistemazione della nuova casa è finita da settimane. L'estate ci ha trovato già lì, una bella estate limpida, che ci permette di stare con tutte le finestre aperte. Cammino di fianco a mia madre sul marciapiede di rue Pascal. Sta andando verso la bidonville delle Margherite, dove i suoi passi la riportano di continuo e dove continua a fare la spesa. Conosce tutti i commercianti, passa da ogni bancarella, ogni negozio, e contratta il prezzo di qualunque cosa. Ho bisogno di un nuovo paio di sandali; me li comprerà qui, perché sono meno cari. È questo il motivo per cui, una volta tanto, sto sgambettando al suo fianco, ma senza darle la mano, perché da parte mia non tollera nessun contatto. Non importa: sotto questo sole abbagliante, avvolgente, mi sento bene. Il cielo, lassù, è di un azzurro intenso. Scorgo il lampo argenteo di un uccello in volo. Mia madre, donna energica e ancora bella malgrado le numerose gravidanze che l'hanno un po' sformata, cammina di buon passo. Via via, la chiamano e la fermano. «Buongiorno Fatima, come stai?» Lei si ferma e si mette a parlare. In questi casi diventa una vera chiacchierona, ormai lo so per esperienza, perciò mi fermo e aspetto pazientemente che finisca di snocciolare tutte quante le ultime notizie. Majouba ha partorito ieri il suo settimo figlio, di nuovo una femmina, che disgrazia! Suo marito pretenderà una nuova gravidanza, vuole un erede maschio. Halima invece, finalmente, è rimasta incinta. Solo che, ecco – mia madre abbassa la voce e si avvicina alla comare con un certo sorriso sulle labbra – il figlio sarà veramente di suo marito? La comare scoppia a ridere e si mettono tutt'e due a bisbigliare, non sento più niente. Ma poi, perché dovrei ascoltare se non capisco quello che si dicono? Sono faccende da adulti. Io aspetto, semplicemente, immobile, aspetto che si vada finalmente a comprare quei benedetti sandali. Mi metto ad ascoltare la musica che esce dalle case, una musica orientale, ritmo scatenato di chitarre che prendono il volo, voci roche, sincopate, il genere di musica che nella bidonville si sente ovunque, esce da ogni porta e da ogni finestra, solleva – almeno un po' – la cappa di piombo della miseria, si alza gioiosa verso il cielo, mi trasporta in un altro paese, un altro mondo, e se chiudo gli occhi è come se l'intero universo fosse popolato solo di suoni, suoni che evocano la dolcezza dei datteri freschi mangiati un giorno d'estate, o il calore del tè alla menta, bollente, servito dopo il pasto, quando gli uomini, infiacchiti, si mettono comodi di fronte all'uscio e attaccano interminabili discussioni.

«Forza Malika, andiamo.»

Mia madre ha finito di parlare. Tolta dalle mie fantasticherie, la seguo mettendo nei miei passi veloci tutto il calore, la musica e la luce di quella magnifica giornata. Qualche metro e finalmente ci siamo, entriamo in un negozietto buio. Ci sono decine di paia di scarpe: da ballerina, pantofole, stivali, e poi quelle per bambini. Il titolare, un altro amico di mia madre – si direbbe davvero piena di amici qui alle Margherite – prende un paio di sandaletti di un bianco immacolato. A me sembra di sognare: sono calzature da principessa. In estasi, mi metto meglio che posso su uno sgabello e tendo un piede. Il venditore infila il primo e lo allaccia. Poi tocca al secondo. Sono un po' grandi, ma a casa nostra le cose devono durare. Perciò, affare fatto. Andranno bene anche l'anno prossimo. Ora posso scendere dallo sgabello. Ma stavolta non lo faccio con la solita vivacità, non mi butto al volo giù dal trespolo. Al contrario, metto a terra prima un piede e poi l'altro, facendo attenzione a non sporcare le mie scarpe nuove.

«Mamma?»

Alzo la testa verso mia madre, ma con tristezza mi accorgo che non mi sta prestando alcuna attenzione e che non stiamo per uscire visto che ha appena iniziato una nuova chiacchierata. Parla con vivacità, come sempre. Costella ogni sua frase con gesti e sorrisi e smorfie, mentre il negoziante, di fronte a lei, annuisce con il capo, visibilmente sedotto. Del resto, come potrebbe non esserlo? In questo momento, della donna scontrosa e irascibile che conosco fin troppo bene non c'è più alcuna traccia. C'è solo una bella donna quarantenne, dignitosa, che sa usare il suo fascino senza nessuna volgarità. Ma io, sempre di fianco a lei, mi sto annoiando: qui non c'è né sole né musica, solo il buio del negozio, e decine di paia di scarpe allineate una di fianco all'altra...

Poi un raggio di sole attraversa la stanza, una striscia perfettamente dritta di pulviscolo illuminato e io la guardo rapita. Mi piacerebbe afferrarne una manciata, ma per farlo dovrei allontanarmi da mia madre, e so di non averne diritto. Ciò nondimeno, accenno un timido passo. Si accorgerà che mi sto muovendo e mi bloccherà con un ceffone come sa fare fin troppo bene? No. È troppo assorbita dalla conversazione. Mi discosto ancora un po', arrivo fino alla striscia luminosa, ci passo attraverso una volta, due volte, lo rifaccio ancora, e senza neanche pensarci mi dirigo verso la porta. Ancora un passo ed ecco, sono fuori dal negozio.

Il sole. Un sole bianco tanto è splendente, che mi fa subito chiudere gli occhi e mi avvolge con una meravigliosa, insostenibile sensazione di calore. Passa qualche secondo, prima che riesca a riaprirli. Poi, di nuovo, distinguo il mondo esterno. La folla eterogenea che cammina sul marciapiede mi dà quasi il capogiro, uomini e donne che girano per i negozi, bambini che giocano, corrono, ridono, e poi ci sono odori intensi che mi entrano nelle narici, menta e zafferano, caffè e miele, sudore e benzina, e musica che viene fuori da ogni dove, in un misto di ritornelli e cantilene a tutto volume... Cosa faccio, continuo? Posso mischiarmi con tutto questo? Sul bordo del marciapiede c'è una pietra scintillante, grigia e argento, marrone e nera. Posso andare a vederla da vicino? Sì, lo faccio. Oggi sono decisamente piena di audacia. Avanzo un passo dopo l'altro, gli occhi fissi sui miei sandali bianchi, nuovi, bellissimi, ed è bella anche questa pietra sulla quale mi piego, qui sul bordo del marciapiede. La tocco con un dito, timidamente, come per sincerarmi che sia vera...

Poi, di colpo, tutto diventa buio.

Lo verrò a sapere più tardi, anni più tardi, effettivamente. Quella cosa scura che di colpo mi è venuta addosso era un camion, in retromarcia. Che genere di veicolo era esattamente? Quanto era grosso? Duecentocinquanta chili? Trecento chili? Del resto non ha importanza. Quel che è certo è che facendo retromarcia mi ha schiacciato le gambe e il bacino, restandomi poi sopra con la sua massa enorme, mentre già si sentivano le prime grida dei passanti. Ciò che avvenne dopo, oggi posso solo immaginarlo. Immaginarlo? No, non del tutto, perché per migliaia di notti, popolate sempre dallo stesso incubo, l'ho vissuto nel sogno. Molte persone, giovani e anziani, uomini e donne e anche bambini, si sporgono sotto il camion. I loro occhi mi cercano e non riescono a vedermi, eppure io sono lì, sento le loro urla e il calore del motore, rimasto acceso. Ma non sento dolore, non ancora. Sono semplicemente sorpresa che la musica si sia fermata, che il sole sia tramontato, che sia già calata la notte. Cos'è successo? Lì, sul marciapiede, una giovane madre di famiglia, dall'aria sconvolta, raccoglie da terra brandelli della mia pelle, e intanto urla a suo marito di chiamare un'ambulanza. Un'ambulanza? Per quale motivo c'è bisogno di un'ambulanza? Basta che il camion vada un po' avanti e io tornerò di nuovo alla luce, mi rialzerò, darò una spolverata al vestito, verificherò che i sandali nuovi non si siano rovinati e tornerò da mia madre...

2

«Forza, tieni duro. Ce la farai...»

Parole pronunciate con dolcezza. Vorrei rispondere, ma non ci riesco. Ho l'impressione di essere nell'ovatta, dentro uno spesso cotone che mi circonda e mi avvolge, e che mi chiude la bocca e gli occhi. Capisco, sia pure confusamente, che quello che mi sta parlando è mio padre. Ma non capisco quello che dice. Perché dovrei tenere duro? A cosa dovrei attaccarmi? Perché mio padre mi sta implorando di non morire? Una volta, per strada, trovai un uccello. Era tutto rigido, gli occhi erano come velati. Feci per raccoglierlo, volevo accarezzarlo, ma mio fratello Dodi me lo impedì. Gli diede un calcio e lo spinse nel canaletto di scolo. «Dài, lascialo stare» mi disse, «non lo vedi che è morto?» Allora io gli chiesi: «Cos'è la morte?» e lui rispose: «È come dormire, solo che non puoi più svegliarti». Ma io non sto dormendo. Insomma, non esattamente. Ho semplicemente difficoltà a tenere le palpebre sollevate perché sono coperte dal cotone. Inoltre, sono molto occupata a sognare, un sogno strano, che un po' mi mette paura: sono nascosta sotto qualcosa di molto pesante, ed è tutto buio. Qualcuno grida e tra le varie voci riconosco quella di mia madre. Sembra sconvolta. Sta urlando il mio nome, ma io non le rispondo. Mi sento stanca, così stanca che mi viene da chiudere gli occhi e tenerli chiusi fino a quando non rivedrò la luce attraverso le palpebre. Ed ecco: di nuovo il sole, i rumori della strada, la musica. Mi piacerebbe tornare a giocare sul bordo del marciapiede. Oppure camminare, badando bene a non sporcare i miei sandaletti nuovi. Ma ho un bel tentare di rimettermi in piedi, non ci riesco. Mi sento debole, così debole che devono raccogliermi, sì, proprio così, un uomo mi prende tra le braccia e corre, mi depone su un letto, un letto che poi parte a tutta velocità, sento i sobbalzi ma senza fastidio, fluttuo, galleggio dentro una specie di vuoto totale, e la musica è sempre lì che mi accompagna, note di chitarra, la voce roca di una cantante che mi risuona a lungo nelle orecchie, prima di svanire. E svaniscono anche gli odori, niente più menta e spezie intorno a me, solo miasmi di disinfettante, e una luce accecante che non è il sole ma un enorme, gigantesco riflettore: quello della sala operatoria nella quale i chirurghi stanno tentando di salvarmi la gamba.

Buio. Ovatta. Fluttuo nell'oscurità. Anche il sogno sta sfumando. Sono lontana. Molto lontana, sprofondata in un tunnel privo di luce. Poi, d'improvviso, sento una mano posarsi sulla mia, è la mano di mio padre. Mi sta parlando, pronuncia delle parole, ripetute, sempre le stesse. «Forza, Malika. Rimani qui con me. Malika, sei la mia regina.» Io una regina? È la prima volta che lo sento. Non sono una regina, solo una bimbetta ingombrante, un figlio in più, una bocca da sfamare, inutile, femmina per giunta... E poi, comunque, perché mio padre non è al lavoro? Perché è seduto di fianco a me? E dove mi trovo, a casa? No. Qui è tutto tranquillo, troppo tranquillo. Non ci sono rumori né urla, non si sente né la menta né il caffè, e ancora meno la *tagine* sul fuoco. In questo posto si respira solo un vago odore di etere. Dal fondo del mio torpore dico a me stessa che devo fare uno sforzo, che devo riaprire gli occhi. Voglio vedere dove sono, quello che ho intorno. E soprattutto, voglio vedere mio padre. Ci provo con tutte le forze, con tutta la mia volontà, ma non ci riesco. L'ovatta è diventata piombo, piombo sugli occhi. Eppure, papà, vorrei tanto obbedirti, tornare a essere la Malika di prima. Ecco, il buio ritorna. Sprofondo ancora. Mi riaddormento...

Silenzio. Oscurità. Sorpresa: l'ovatta è scomparsa, finalmente posso riaprire gli occhi. Ma vedo solo uno spicchio di luna che brilla oltre la finestra. Il posto in cui mi trovo è immerso nella penombra. Una camera sconosciuta, della quale intravedo appena i contorni. Lì, contro il muro, un armadietto. Più lontano un tavolino a rotelle con sopra una brocca d'acqua e un bicchiere. Di fianco a me, dei macchinari dotati di uno schermo luminoso. E anche una sedia, sulla quale poco fa, ne sono certa, stava seduto mio padre. Se n'è andato. Da quanto tempo? Non importa. Mi ha lasciato qui, mi ha abbandonata, e mi sento invadere dalla disperazione. Devo alzarmi! Devo ritrovarlo. Devo tornare a casa mia. Mi tiro su di colpo, e il dolore avvampa immediatamente. Mi afferra la gamba destra, sale al bacino, si arrampica fino al petto, m'invade tutto il corpo e resta fisso, a scavarmi nella carne. Non c'è più altro che dolore, un dolore che sembra una cosa viva, un animale che mi sbrana dall'interno, senza che io abbia la forza di emettere un grido...

Buio. Silenzio. Abbandono. È tornata l'ovatta, per fortuna. Dormo. O piuttosto: sonnecchio. Intorno a me c'è un po' di andirivieni. Sento delle mani sollevare le coperte. Una persona mi siede accanto, mi stringe il braccio con un elastico, c'infila un ago. Lo sento entrare nella vena, urtarne la parete, restare dentro un po' e poi uscirne, un attimo prima che anche l'elastico venga tolto. Sento bisbigliare. Un uomo, una donna. Parlano di me. Sento delle parole. Coma. Fratture. Bacino. Gamba.

«Sua madre era lì al momento dell'incidente» dice l'uomo. «Ha donato la sua pelle per ricostruirle la coscia Forse il trapianto avrà successo.»

«Ad ogni modo» risponde la donna, «non cambierà niente. Questa povera piccina non camminerà mai più.»

Silenzio. Buio. Qualcuno sta entrando nella camera. Un'ombra vestita di bianco si avvicina al mio letto, verifica i tubi ai quali è attaccato il mio corpo, si piega un po' sopra di me. Un respiro sulla guancia. Un sussurro all'orecchio. «Ciao Malika, io sono Gabrielle.» È una voce dolce, confortante, come la mano che si posa sulla mia fronte e inizia ad accarezzarmi. Di colpo mi sento bene, quasi felice. E vorrei tanto dirglielo. Ma il mio aprire le labbra è vano, dalla mia bocca non esce un suono. Quanto tempo dovrò restare qui, paralizzata e muta, in bilico tra la veglia e il sonno? E del resto, sono sveglia o sto dormendo? Gabrielle se n'è andata, oppure è uscita dal mio sogno. Non tornerà più per tutta la notte. All'alba, stanca di aspettarla, ripiombo nel buio. Da quanto tempo sto dormendo? Un mese? Due mesi? Sei mesi? Non ne ho idea. Chiudo gli occhi. L'incubo ritorna. Ma non mi fa più paura. L'incidente – perché adesso ho capito di aver avuto un incidente – non è stato nulla. Il peggio è adesso.

«Per fortuna ero là con lei.»

Luce. Il sole risplende, illumina la camera. Mi sveglia una voce, alta e familiare, quella di mia madre. È sulla porta, insieme ad altre donne. Mi indica con il dito, sorridendo. Mostra alle amiche la sua piccola inferma.

«Le ho dato la mia pelle» dice. «Quanto ho patito! Non potete sapere quanto. Guardate...»

Solleva la gonna e mostra le cicatrici lungo una coscia. Poi la riabbassa e si prende fino all'ultimo i complimenti delle amiche.

«La mia piccola Malika. Per me è tutto» dice.

Poi, con voce più bassa e grave: «I medici non sanno ancora se guarirà. Dovranno operarla di nuovo, diverse volte. La gamba e le anche sono malridotte. Si sono praticamente sbriciolate, così mi hanno detto».

Le comari, intorno, manifestano tutta la loro compassione. Vorrei tanto che le lasciasse perdere e venisse da me, che mi accarezzasse la fronte come fa Gabrielle, l'infermiera di notte. Ma non si muove. Non fa un passo. Non viene ad abbracciarmi, a coccolarmi, a sussurrarmi all'orecchio che presto le cose torneranno come prima. E allora mi lascio di nuovo scivolare nel buio. Questa sensazione di affondamento nel nulla che precede i miei lunghi sonni, ha finito per piacermi. Se non altro, dormendo, dimentico di avere un corpo.

Luce, di nuovo. Una luce invernale che lascia la stanza in una lieve penombra. Supina, osservo il soffitto, bianchissimo e perfettamente liscio, senza asperità che aggancino lo sguardo. Con il passare del tempo, è diventato lo sfondo dei miei sogni, il telone sul quale proietto le mie visioni, restandone incantata. Il soffitto non è più un soffitto, è un giardino ricco di erba fresca e di fiori. Qui delle margherite, lì delle campanule, laggiù dei papaveri simili a quelli che crescono liberamente nei campi vicino alla bidonville di Nanterre. Raccolgo i fiori uno a uno, fino a farne un bel mazzo, e poi con quello provo a fare una corona. Mi siedo sull'erba e inizio a fare minuscoli buchi sui gambi, per infilarli poi uno dentro l'altro. Sarà la più bella corona di tutte quelle che abbia mai fatto, e stanotte la darò a Gabrielle.

«È così buona, questa piccina!»

Si è aperta la porta. Due infermiere sono entrate nella stanza. Il mio sogno a occhi aperti svanisce. Niente più prati verdi e fiori, il soffitto torna a essere il soffitto.

«Resta così per ore, senza muoversi. È incredibile, alla sua età» prosegue la donna vestita di bianco.

Poi, senza rivolgermi direttamente la parola, si avvicina, solleva le coperte e mi scopre fino ai piedi. Deve cambiare la medicazione, lo so già, è una cosa quotidiana, fatta senza spiegazioni. Ed è un vero supplizio. Il minimo contatto con le ferite risveglia il dolore, un bruciore sempre più intenso, fino a diventare fuoco vivo, al quale si aggiunge una nausea insopportabile. Ma per quanto male mi faccia, non mi lamento mai. Per non lasciarmi scappare il più piccolo gemito evito persino di aprire la bocca. In passato – quando esattamente? Ieri? Ieri l'altro? Una settimana fa? – ho pianto e supplicato e urlato che si fermasse. In risposta, ho avuto solo dei rimproveri.

«Dài, Malika, smettila. E comunque non può farti mica così male.»

«Stai ferma. Non ti muovere. Altrimenti non ci fai lavorare.»

«Più gridi e più la cosa sarà lunga!»

Mi sono zittita di colpo. Ho lasciato solo che mi scendessero le lacrime lungo le guance. Ma nemmeno quelle hanno intenerito qualcuno. Del resto, non avrebbe potuto essere diversamente. Di bambini che soffrono, qui ce ne sono a decine...

«Ecco. Ho quasi finito.»

Sono stata brava. L'ho lasciata fare. L'infermiera ha tolto le bende che mi avvolgevano le gambe, poi ha staccato le garze protettive incollate alla mia pelle bruciata. Ha pulito le ferite con un liquido gelato, ci ha passato sopra una pomata e ha rifatto i bendaggi. Da parte mia, cercando di non pensare al dolore, ho guardato il soffitto per tutto il tempo. Ne conosco ogni minima crepa, quella che disegna un percorso a zigzag, una specie di fulmine, quell'altra, più larga, che forma una croce, e infine la terza, che arriva fino alla vernice giallognola del muro. A fissarle, diventano quasi vive. Del resto a volte le immagino muoversi, allargarsi, farsi più profonde. E se a un certo punto si aprissero e mi lasciassero vedere il cielo?

Le due infermiere hanno terminato. Una si avvicina al tavolino a rotelle, versa dell'acqua nel bicchiere, me lo porta alle labbra e mi fa bere qualche sorso badando bene a non sollevarmi troppo la testa. Devo restare completamente distesa. Immobile. Una piccola inferma che per orizzonte può avere solo il soffitto e che di nuovo chiude gli occhi e si addormenta...

Notte fonda, di nuovo, ancora. Non l'ho vista arrivare, l'oscurità. Sopra di me, il soffitto è invaso di ombre. Si apre la porta. È Gabrielle, come tutte le notti. Percepisco la sua presenza, il suo profumo, un misto di menta e verbena. Un istante ancora e sento la sua mano sulla mia fronte. Mi godo la carezza, dolce, rassicurante. Apro gli occhi. Volto la testa con un movimento che risveglia il dolore acquattato in fondo al mio corpo ma non importa, voglio vedere Gabrielle. Conosco ogni tratto del suo viso, ormai. La pienezza delle guance, la linea delle labbra carnose, e il verdegrigio dei suoi occhi che mi avvolgono con lo sguardo. Immobile e muta – dall'incidente non ho più pronunciato una sola parola, per lo shock, dicono i medici – assaporo il momento in cui mi passa sul viso un panno imbevuto di acqua tiepida. Una toilette veloce, seguita da una breve spazzolata ai capelli – sono molto corti, dove sono finiti i boccoli che mi scendevano fino alle spalle? –, un'ultima carezza. Ecco, è finita. Se n'è andata. E io già ricomincio ad attenderla.

Luce. L'inizio di una nuova giornata, con il cigolio del carrello che porta il caffè, il latte e il pane. Un'inserviente mi aiuta a mangiare e bere. Mi imbocca più o meno pazientemente, poi se ne va per lasciare il posto a Simone, una ragazza delle Antille che ha il compito di rifare la camera. Simone è la regina della scopa, l'imperatrice dello straccio, è lei stessa a dirlo. Mentre passa lo strofinaccio, che sparge un ammorbante odore di ammoniaca, canticchia delle melodie del suo paese oppure, se è di cattivo umore, borbotta tra i denti frasi incomprensibili. Non mi guarda mai. Non mi parla mai. Come se per lei facessi parte del mobilio, come se qui i malati fossero delle piante. Stessa cosa per Anne, che ha il compito di lavarmi con una bacinella – una pulizia simile a quella del gatto, seguita a volte dal cambio delle lenzuola –, «Forza, Malika, sollevati un poco per favore, ecco, così va bene, ancora un piccolo sforzo, fatto! Hai visto, non è stato poi così difficile.» E se ne va. Al suo posto arriva una piccola squadra formata da medici e infermieri, pronti a visitarmi come ogni giorno. Invadono la camera e si dispongono tutti intorno al mio letto, scrutando il mio corpo con delle smorfie preoccupate. Le fasi della visita sono sempre le stesse. Uno degli infermieri mi toglie le bende e con un gesto secco strappa via le garze a contatto con le ferite. I medici danno un'occhiata con l'aria preoccupata, le sopracciglia aggrottate, l'espressione grave. Dai loro occhi è facile capire che le cose non vanno bene. Peggio ancora: le radiografie che si passano l'un l'altro provocano un tossicchiare amaro e come trattenuto. Ma ovviamente, nessuno di loro mi spiega cosa succede. Del resto, a quattro anni, cosa potrei capire? Eccomi di nuovo sola, gli occhi fissi sul soffitto. Stavolta ci proietto una strada, dei passanti, delle auto o almeno ci provo, perché presto mi si chiudono gli occhi e sprofondo nel sonno. Ritorno nel nulla...

«Malika?»

Luce. La luce del mattino. Ma questa è una mattina diversa. Perché se il carrello della colazione avanza come sempre lungo il corridoio, arrivato alla porta della mia camera passa dritto. E quando alla fine la porta si apre, è per far entrare un inserviente che non ho mai visto, e che spinge un letto a portantina.

«Forza piccina» mi dice. «Andiamo.»

Andiamo? Andiamo dove? Perché? L'uomo, grande e grosso ma dai modi gentili, non me lo spiega. Si limita a sollevare le lenzuola e a passarmi da un letto all'altro. Poi mi spinge fuori, lungo corridoi deserti; io per tutto il tempo non stacco gli occhi dal soffitto. Mi faccio delle domande? Probabilmente no. Dall'incidente, come chiamano quel buco nero che mi ha inghiottito, la mia mente non funziona più come dovrebbe. Io che ero così curiosa, adesso accetto tutto quello che mi succede senza brontolare, un po' come se mi fossi smarrita in un mondo estraneo, un labirinto dove le cose non hanno più né capo né coda. Tutti i miei riferimenti sono scomparsi: la casa, i miei fratelli e sorelle, i miei genitori, la mia vita da bambina come le altre. Sono solo un oggetto, o quasi, che viene manipolato senza altre attenzioni che quelle puramente cliniche. Non parlo. Non mi muovo. Osservo solamente, mi riempio gli occhi di tutto quello che può stuzzicarmi un po' l'immaginazione. Così, d'un tratto, questa insolita passeggiata inizia a piacermi, e non potrebbe essere altrimenti, visto che il mio universo si sta allargando di colpo. Basta con il solo soffitto bianco della camera, il mio sguardo adesso abbraccia un corridoio dai muri giallognoli, si posa su un dipinto raffigurante un mare azzurro intenso, poi sul disegno di un bambino, casetta rossa e verde, tetto di tegole marroni, comignolo che butta grandi volute di fumo. Un po' più lontano, una porta aperta lascia intravedere un ufficio dove tre infermiere stanno bevendo un caffè. Il mio letto a rotelle passa oltre, per fermarsi davanti alla porta di un ascensore. C'infiliamo dentro. L'ascensore parte, silenzioso, e si ferma bruscamente tre piani più in basso, al livello delle sale operatorie.

Ancora oggi, quando ci ripenso, mi torna in mente ogni cosa. Il colore dei muri, di un verde pallido. L'enorme lampada che riversa intorno una luce cruda. Un uomo vestito con un camice, verde anch'esso, piegato un po' sopra di me. La maschera che mi pone sulla faccia. E quella sensazione di morire, quando le prime boccate di anestetico mi sprofondano nell'incoscienza...

Dopo, non resta più nulla, tranne il dolore. Un dolore che incendia la gamba, così intenso da farla diventare il centro del corpo. Mi fa male, terribilmente male. Ma dalla mia bocca non esce alcun lamento. Le mie labbra chiuse non articolano parola. Del resto, come potrei parlare? Non sono altro che dolore, unicamente dolore, un tormento così forte che per farlo smettere sarei disposta a diventare come quell'uccello rigido e freddo che mio fratello spinse con il piede nel canaletto pluviale. Ma non muoio. E le infermiere che via via entrano nella stanza, mi fanno i complimenti anche solo per essere ancora viva.

«È resistente questa piccina» dice una di loro. «Otto ore in sala operatoria, e sta già riaprendo gli occhi!»

«Allora, Malika, ci risvegliamo?»

Sono sveglia, sì. Sono perfettamente sveglia, ma incapace di fare qualunque cosa. Come se una cappa di piombo mi pesasse addosso e m'impedisse di muovermi. E poi c'è questo forte senso di nausea che mi sale in gola, anche se mi sforzo di contenerlo. Cosa diranno le infermiere se adesso mi metto a vomitare qui davanti a loro? Si arrabbieranno, come si arrabbiò mia madre quella volta in cui, a casa, mi sentii male. Ricordo ancora le sue urla, e la sberla che mi diede, un ceffone così forte che mi fece uscire il sangue dal naso. E fu Hayat a dover pulire tutto. Il pavimento. Il cuscino. E anche me. Si mise a urlare e a sgridarmi pure lei. Provai vergogna, una grande vergogna che non voglio più rivivere. Perciò respiro a fondo, cerco di pensare a cose piacevoli, il marciapiede al sole sul quale giocavo, otto mesi fa, i sandali bianchi, quei bei sandali che di sicuro non potrò più mettere visto che non potrò più camminare, il pallone che un giorno Dodi portò a casa, un vero pallone da calcio, perfettamente gonfio e rotondo e che doveva costare parecchi soldi, ma mio fratello quel giorno aveva avuto la gran fortuna di trovarlo, o perlomeno questo fu ciò che disse ai miei genitori. Mentre chiudo gli occhi per concentrarmi meglio, le infermiere escono dalla camera chiudendosi la porta alle spalle, e ancora una volta mi ritrovo sola. Da quando sono stata investita dal camion, come dicono, intorno a me si è fatto decisamente il deserto. Dove sono finiti i miei fratelli e le mie sorelle? E mia madre, perché non viene mai a trovarmi?

«Malika?»

Il dolore è passato. Ha smesso di tormentarmi. Lo sento ancora, ma più lontano. La mia gamba non ha più i nervi scoperti, a patto che non la muova. Sto meglio, tutto sommato. E l'infermiera che mi viene vicino ne è molto felice. D'altronde, mi deve annunciare una bella notizia: posso abbandonare la posizione supina. Posso stare seduta. Un cambiamento che aspetto non senza timore. Ma sbaglio ad averne paura. Quando il letto, lentamente, comincia a piegarsi, il dolore non torna. E io, orgogliosa e contenta, scopro un nuovo orizzonte: quello della mia camera. A sinistra, l'armadio. Non so cosa ci sia dentro, ma lo chiederò a qualcuno, perché mi è tornata la parola. Per il momento, continuo a osservare la camera. Mi volto a destra e – miracolo – vedo una finestra. E dall'altra parte c'è il cielo, quello vero, con vere nuvole, e anche gli alberi vicini all'edificio nel quale mi trovo. Siamo all'inizio della primavera, i rami sono pieni di gemme pronte a sbocciare. Per me, costretta a letto da così tanto tempo, è uno spettacolo meraviglioso che, lo so già, mi occuperà per ore e ore. Ecco quel che farò, a questo punto. Resterò a osservare lo schiudersi delle gemme, momento per momento, deliziata dal verde tenero delle foglie nuove. Cresceranno sotto i miei occhi, fino a diventare spesse e carnose. Sono certa che dal punto in cui mi trovo riuscirò a vederne persino le nervature, quelle linee sottili che disegnano la loro anima. Sì, oggi è un giorno fortunato. E non finisce qui. L'infermiera spinge fino a me il tavolino a rotelle. Poi raggiunge l'armadio, apre l'anta; dentro, ci sono dei giocattoli. Una bambola con i capelli castani, un intero servizio da tavola e una scatola di cubi di legno.

«Tieni» mi dice l'infermiera passandomi la scatola.

I cubi di legno hanno dei disegni stampati sui lati, un lupo, una bambina vestita di rosso, una nonna con i capelli accuratamente intrecciati, un grosso albero, un cestino, un panetto di burro.

«Guarda» dice l'infermiera, «con questi puoi raccontare la storia di Cappuccetto Rosso. La conosci?»

No, naturalmente. Non la conosco, non conosco le favole. A casa mia nessuno ha tempo da perdere con simili fandonie. E se a volte mia madre ci minaccia di darci in pasto ai *djinns*, gli spiriti cattivi che frequentano la fantasia della gente del suo paese, nessuno di noi ha mai creduto davvero alla loro esistenza. A casa Bellaribi c'è ben di peggio che i *djinns*. C'è la miseria, la promiscuità, la paura di un domani ancora peggiore. Ecco quel che abbiamo noi al posto del lupo cattivo, dell'orco e del drago sputafiamme...

«Allora, non conosci la favola di Cappuccetto Rosso?» insiste l'infermiera.

E siccome scuoto la testa in senso negativo, conclude: «Va bene, Malika, vedo se riesco a trovare qualcuno che te la racconti».

3

Che giorno è? Di quale mese? Non lo so. Un giorno dopo l'altro, il tempo scorre nell'immutabile quotidianità dell'ospedale. La colazione, che ormai faccio da sola. Le cure. Le visite mediche. Il pranzo. Il pomeriggio che si allunga tra la noia e la sonnolenza. Qualche rapida visita di mio padre, che rimane seduto di fianco a me senza sapere bene cosa dire. E quelle di mia madre e dei miei fratelli e sorelle, ancor più rare. Hayat è cresciuta, è già quasi un'adolescente, non si fa più le trecce, lascia i capelli sciolti sulle spalle. Dodi invece è sempre un gran mattacchione. Divora tutti i dolci che trova nell'armadietto, glieli lascio volentieri, non ho alcun appetito. Djamila si mette in mostra come sempre, facendo un po' la civetta. Mohamed è ormai un uomo, o quasi. Bibi, l'ultimo nato, è un bimbetto paffuto, sempre in movimento. Fuori, anche senza di me, la loro vita continua. La scuola. I giochi. La casa. Mia madre. La drogheria di mio padre. Mi raccontano tutto, parlando uno sopra l'altro, mentre mia madre sospira.

«Riprenderai soltanto a camminare?» mi chiede

all'orecchio. «I medici dicono che farai anche di più.»

Riprendere a camminare? Per ora non se ne parla. Passo le giornate a guardare il cielo oltre la finestra, sempre più bello. Fuori ci deve essere un gran caldo, dev'essere estate. La prima estate dal mio incidente. Le foglie degli alberi ormai formano un volume fitto. A volte un uccello ci fa il nido, azzarda un cinguettio. Non lo sento, ma lo intuisco. O piuttosto, provo a riprodurlo io, come a volte provo a rifare i rumori della strada, soprattutto la musica che dilaga lungo le vie. Mi canto delle canzoni, mi consolo con i ritornelli, immagino un altrove che ha perso i suoi colori, i suoi odori, e tutti i suoni. Cerco di adattarmi alla solitudine, più che posso. La addomestico. Me la faccio amica. Vivo in un altro mondo, un mondo di sogni. E quando mia madre, mio padre, i miei fratelli e sorelle lasciano il mio capezzale, non ne soffro affatto, al contrario. La loro presenza, le loro voci, le loro urla, mi affaticano. E a forza di stare da sola, non so nemmeno più se ancora gli voglio bene.

Tre colpetti alla porta. Sulla soglia compare una strana signora. Ha un lungo vestito blu che le copre anche le caviglie. Al collo porta una specie di collana: grosse perle di legno, alle quali è attaccata una croce. E soprattutto, i suoi capelli sono nascosti da un incredibile cappello. Una cuffia complicata, di un bianco immacolato, che sembra metterle delle ali sulla testa.

«Ciao Malika» dice. «Sono sorella Marguerite.»

Sorella Marguerite? Non capisco cosa intende. Una sorella è Hayat, oppure Djamila. Non Marguerite. Ma non importa. Non faccio domande. L'esperienza mi ha insegnato che è inutile. Sorella Marguerite, è così che si chiama la signora. Rispondo educatamente al saluto.

«Tu sai chi è quest'uomo?»

Prende in mano la croce attaccata alla collana e mi mostra l'omino appiccicato sopra.

«Si chiama Gesù» sussurra. «Sono qui per raccontarti la sua storia.»

Una storia? Come quella di Cappuccetto Rosso che ho imparato a conoscere attraverso la voce di Gabrielle, che notte dopo notte viene a sedersi accanto a me? Grazie a lei ho imparato ad amare le favole, anche se, quando a mia volta provo a raccontarle a Hayat o a Djamila, loro mi guardano con gli occhi sgranati e l'aria di voler dire: "Ma questa è proprio matta". Di colpo, presto ancora più attenzione a sorella Marguerite.

«Allora» dice. «Duemila anni fa, in una stalla vicino a Betlemme, nasceva un bambino...»

Ovviamente, non capisco tutto. Ma il racconto, quasi sussurrato all'orecchio, mi piace. Sorella Marguerite parla di un bambino e una donna come tutti gli altri, e tuttavia figli di Dio. Dio? Non sapevo che esistesse un Dio. Ignoro chi possa aver creato il cielo, la terra e tutte le varie forme di vita che via via si sono moltiplicate. E non so nemmeno chi abbia dato agli uomini dei comandamenti da rispettare. Non rubare. Non uccidere. Amerai il prossimo tuo come te stesso...

«Quando starai meglio ti porterò alla cappella dell'ospedale» conclude sorella Marguerite. «Così potrai pregare...»

Pregare? Cappella? Non conosco queste parole. Ma il suono mi piace. Ho l'impressione che sia pieno di promesse. Quando la religiosa se ne va, comincio già ad aspettare che torni. Un'attesa vana, il giorno dopo non si fa vedere. Al suo posto arriva l'inserviente, mi mette su un letto a portantina e mi spinge di nuovo lungo una serie di corridoi. Arrivati davanti alla porta dell'ascensore, capisco cosa mi attende. Allora chiudo gli occhi e fuggo sull'albero pieno di foglie verdi e morbide. Sul ramo, vicinissimo a me, c'è un uccello. E nel momento in cui la maschera si posa di nuovo sul mio viso, nello stesso istante in cui respiro la prima boccata di anestetico, ecco che si lascia accarezzare.

Inverno. L'inverno dei miei cinque anni. Ho già subito tre interventi chirurgici mirati a recuperare la gamba e il bacino, le cui ossa si sono rotte in decine di pezzi. Tra sale operatorie, risvegli difficili, lente convalescenze e guarigioni incerte, continuo a restare un'inferma. Ogni volta che mi operano rischio di morire, o questo almeno è ciò di cui sono convinti i miei genitori. Mio padre vacilla; mia madre invece fa tutta una sceneggiata. Quando la vedo arrivare con i lucciconi e le mani spasmodiche strette l'una nell'altra, capisco che per me si avvicina una nuova operazione. Nel frattempo, rimango sdraiata, o semiseduta a guardare il soffitto, o la finestra. Ho visto l'estate attraverso le foglie carnose degli alberi. Poi, attraverso le loro sfumature rossastre, ho contemplato l'autunno. Infine, quando sono cadute, ho capito che era arrivato l'inverno. Oggi gli alberi hanno tutti i rami spogli; al mattino, la brina li trasforma in aste scintillanti. Gli uccelli vi si posano sempre più di rado. Il cielo è basso, così basso che si direbbe a portata di mano. A volte cadono dei fiocchi leggeri, eterei. Djamila dice che la neve è fredda. non lo so, non l'ho mai toccata, ma per una volta le credo sulla parola. In effetti, i fiocchi che vedo cadere hanno un aspetto gelato. Mi piacerebbe essere fuori, la faccia al cielo e la bocca spalancata e inghiottirli tutti, uno dopo l'altro. Ma posso solo sognarlo, e allo stesso modo sognare un Natale che non sia quello di una bambina inferma e solitaria. Malgrado tutta la mia pazienza, malgrado i cubi di legno, i disegni da colorare, l'andirivieni delle infermiere, malgrado anche il paesaggio che mi offre la finestra della mia camera, inizio a sentire che il tempo non passa mai. Arriverà il giorno in cui potrò finalmente uscire? Smetterò mai di stare da sola? Potrò andare anch'io, un giorno, in quella scuola di cui parlano Djamila, Hayat e Dodi? Piacerebbe anche a me imparare a leggere e scrivere. E mi piacerebbe avere una cartella. L'altro giorno Djamila ha portato la sua; continuava a dondolarla, tutta fiera, stuzzicandomi un po', come le piace fare. Mi ha fatto vedere anche l'astuccio pieno di matite, poi ha tirato fuori un portapenne e mi ha spiegato che per scrivere bisogna intingere la penna nell'inchiostro, cosa difficile a quanto pare, perché si rischia di fare delle macchie indelebili. Ha staccato bene le sillabe: in-de-le-bi-li. Quando andrò a scuola, mi sono detta, dovrò fare sul serio molta attenzione, se per disgrazia sporcassi il grembiule, mia madre urlerebbe... Ma da qui a quel giorno, c'è ancora parecchio tempo. Quando i medici entrano in camera, al mattino, e scartabellano la mia cartella clinica, hanno sempre la stessa espressione cupa. E si scambiano frasi piene di brutte prospettive, delle quali non sempre capisco il senso, ma riescono comunque a gettarmi in un'attesa carica di paura.

«L'osso non si rinsalda» dice uno.

«Bisogna riaprire e rimettere dei chiodi» aggiunge l'altro.

«Aspettiamo ancora un po'» interviene il terzo. «È ancora così piccola, non possiamo fermare definitivamente la crescita della gamba.»

Ed escono in una nuvola di camici bianchi.

Natale. Alla fine, è Natale anche per me. È venuta sorella Marguerite e mi ha portato una bella notizia. Oggi, 25 dicembre, potrò assistere alla messa nella cappella dell'ospedale. Ha pregato Dio perché ciò fosse possibile, e Dio ha esaudito la sua preghiera. Per la prima volta da quasi un anno e mezzo, potrò lasciare il mio letto e raggiungere con una sedia a rotelle il luogo della cerimonia. Un miracolo, in qualche modo, quel genere di miracoli che ormai mi capita di chiedere agli angeli e ai santi, e a quella signora che si chiama Vergine Maria. Lasciare il mio letto? Lasciare la mia camera? In un primo tempo, la cosa mi piace; poi, d'improvviso, ne ho paura. Questa camera è tutto il mio universo. Una prigione alla quale mi sono talmente abituata che adesso l'idea di uscirne mi sembra impossibile. Ma non c'è solo questo. Ho anche paura che il dolore alla gamba, muovendomi, si risvegli. Insomma, vestirmi e passare sulla sedia a rotelle è una prospettiva che non suscita in me alcun entusiasmo. E tuttavia, quando entra l'infermiera e mi annuncia che – ormai è deciso – è lì per spingermi fino alla cappella, non faccio storie. Se avessi rifiutato, la mia vita oggi sarebbe senza dubbio diversa. Perché non avrei mai incontrato la musica.

Salve, Regina, mater misericordiae.
Vita, dulcedo et spes nostra, salve...

Appena supero la porta della cappella, mi accoglie il canto dedicato alla Vergine Maria. Un canto d'infinito candore, nel quale si uniscono decine di voci, quelle delle religiose, ma anche quelle dei malati venuti ad assistere alla funzione. Ascoltando quel coro, nella stanza immersa nella penombra, sento salire in me un'onda di felicità ed esaltazione insieme. Non capisco le parole che vengono pronunciate, ma il loro significato m'importa poco. Mi entrano dentro, m'invadono, m'impregnano, mi fanno salire al petto una irrefrenabile onda di allegria. Questo canto è la voce degli angeli. E a quelle voci vorrei poter unire la mia, lo vorrei più di ogni altra cosa. Perché lo sento, lo so d'istinto: se aprissi la bocca, se permettessi alle mie corde vocali di risuonare, in un solo istante dimenticherei tutte le mie sofferenze, presenti e passate. In questo *Salve Regina* potrei dissolvere gli schiaffi di mia madre, la violenza di mio padre, le ferite del mio corpo, e anche la solitudine che pian piano si sta diluendo in questo canto cristallino che continua a crescere...

Ad te clamamus, exsules, filii Evae.
Ad te suspiramus, gementes et flentes
in hac lacrimarum valle.

Le labbra chiuse, mi unisco alle voci che riempiono la chiesa e di colpo sono altrove, lontano, in quel paradiso di cui parla sorella Marguerite. Un eden di suoni e di odori – incensi, candele – e di parole che riempiono l'anima.

Eia ergo, advocata nostra,
illos tuos misericordes oculos ad nos converte.
Et Jesum, benedictum fructum ventris tui,
nobis post hoc exsilium ostende.
O Clemens, o pia, o dulcis Virgo Maria...

Quel giorno, ritornata nella mia camera, non mi metto a guardare oltre la finestra come d'abitudine. Chiudo semplicemente gli occhi e con la fantasia provo a tornare nella cappella. Non devo fare un grande sforzo per riuscirci. Chiudo gli occhi, sono già lì. Di fronte a me, nella penombra, ci sono dei ceri accesi, proprio davanti all'altare, e delle suore inginocchiate una di fianco all'altra, con i loro vestiti color nocciola. Intorno aleggia un odore d'incenso. E soprattutto – soprattutto – nella penombra salgono di nuovo le voci, così pure che diventano celestiali. Le voci degli angeli, venuti a proteggermi dal dolore e dalla solitudine. Voci che, mi riprometto, non dimenticherò mai.

Un'altra estate, la seconda dopo l'incidente. Non cammino ancora. Ma ogni giorno scendo dal letto e passo qualche ora sulla sedia a rotelle. La domenica raggiungo sorella Marguerite nella cappella. Prego anche un po', ma soprattutto – soprattutto – aggiungo la mia voce a quella delle religiose che cantano durante la funzione. Non ho neppure sei anni, e già conosco tutti i canti che accompagnano la messa. *Gesù è il mio pastore divino. Sul monte del calvario. Ho fede in Te.* E le altre, tutte le altre, in francese o in latino poco importa. Quel che conta è chiudere gli occhi e lasciar salire la voce in mezzo alle altre. Mi dà un tale senso di pienezza che in me tutto si placa. Niente più crisi di pianto la sera, così violente, a volte, da non riuscire nemmeno a respirare. Basta con quel senso di estraneità che mi attraversava il corpo e m'impediva persino di portare il cibo dal piatto alla bocca. E basta anche con la sensazione di non essere mai stata amata da nessuno. Quando canto, nella cappella, sto bene. Così bene che vorrei non andarmene mai...

«Malika?»

È mio padre che – sorpresa – entra in camera. Che giorno è? Di quale mese? Continuo a non saperlo. Ma fuori, oltre la finestra, risplende l'estate. E a guardare la faccia felice di mio padre che mi viene vicino e mi stringe tra le braccia, sento che sta per succedere qualcosa di buono.

«Ci siamo, Malika!» dice.

Ci siamo? Cosa vuol dire ci siamo? Che mi posso alzare? Posare i piedi a terra? Camminare di nuovo? No. Quello appartiene ancora al mondo dei sogni. La realtà è che finalmente potrò lasciare questa camera d'ospedale. Ma non per tornare a casa. Andrò in un centro di riabilitazione, dove starò per qualche settimana. Ma prima, un altro intervento chirurgico, il quarto.

«Vedrai» dice mio padre. «Laggiù recupererai le forze. È un bel posto, vicino al mare...»

Delle braccia intorno a me. Sono quelle di mio padre. Dormo addosso a lui, la testa sul suo collo. Respiro il suo odore, un misto di sudore e sigarette, un odore da uomo che mi scombussola. Da quanto tempo mio padre non mi tiene così abbracciata? E del resto, lo ha mai fatto? C'è voluto l'incidente, l'ospedale, la morte sfiorata, perché mio padre si avvicinasse a me. È lui che è venuto a prendermi, come aveva promesso. È lui che mi veste, lentamente, delicatamente, prima la camicetta, poi la gonna: «Fai attenzione alle gambe, Malika, non farti male». Ed è ancora lui che mi mette sull'ambulanza che ci porta fino alla stazione, sempre lui che mi aiuta a salire sul treno per Biarritz, il nome della città nella quale si trova il famoso centro di riabilitazione. Nello scompartimento, per ora, siamo da soli. E di questo sono felice. Uscendo per la prima volta dalla mia lunga degenza ospedaliera, mi è piaciuto molto ritrovare la città, il movimento, i rumori, le vetrine dei negozi, tutto quello che ho continuato a immaginare per così tanto tempo nella solitudine della mia camera. Ho assaporato la carezza del sole sulla pelle e respirato a fondo l'aria carica dei vecchi odori familiari: profumi e gas di scarico, fiori e frutta. Ma presto ci siamo ritrovati nella stazione di Austerlitz, e qui, di colpo, è cambiato tutto. Attraversando questo posto, ho colto gli sguardi curiosi della gente posarsi su di noi, sulla strana coppia che formiamo io e mio padre: un arabo insieme alla figlia handicappata, su una sedia a rotelle. A cinque anni e mezzo, del risentimento generato dalla guerra in Algeria o anche semplicemente di razzismo, non posso ancora saperne niente. Però so leggere negli occhi delle persone che ci guardano, e ci ho visto rancore, odio, disprezzo. Ci guardavano e si chiedevano: cosa ci fanno qui, questi? Perché non se ne tornano a casa loro? Quell'uomo non sarà per caso un terrorista, come tutti quelli della sua razza? Non sarà che la bambina gli serve da copertura per andarsene in giro più facilmente? A più riprese abbiamo incrociato dei poliziotti, anche loro prodighi di occhiate sospettose. Nessuno di loro ci ha fermato, ma – l'ho intuito d'istinto – avrebbe potuto succedere tranquillamente, senza che nessuno se ne scandalizzasse. Ecco perché adesso spero tanto che io e mio padre potremo restare soli nello scompartimento, ed è proprio così, il treno finalmente parte.

Silenzio. Oscurità. Fuori è molto buio. Non si distingue niente del paesaggio. Ci sono solo sobbalzi, rumore di ruote e fermate regolari in stazioni poco illuminate. Ogni volta è la stessa cosa. Il treno frena in uno stridore terribile. Una volta fermo si sente una voce, proveniente da un altoparlante, che annuncia la stazione, tutti nomi di città che non conosco. Fuori, lungo la banchina, intravedo dei viaggiatori stanchi, donne imbaccuccate in lunghi cappotti, uomini con la barba di qualche giorno, bambini insonnoliti, stravolti, che li seguono alla meno peggio sugli alti gradini per salire in carrozza. Sento i loro passi nel corridoio, le voci sorde in cerca del numero di posto, le porte tirate senza riguardo, l'impazienza di mettere giù le pesanti valige e potersi finalmente sedere. Poi, lento e pesante, il treno riparte e io mi rannicchio di nuovo contro mio padre. Da quando è venuto a prendermi all'ospedale non ha praticamente parlato, ma tanto lo so, non è mai stato un chiacchierone. Se parla è perché ha pesato bene quel che dice, mai una parola sbagliata. Tutto il contrario di mia madre, sempre disposta a lanciarsi nelle chiacchiere o a inveire contro qualcuno, arrabbiata e piena di astio. Quando ripenso alle sue urla tremo ancora, a posteriori. Eppure mi manca, una mancanza sorda, scavata nel petto come una brutta ferita, che a volte mi riempie gli occhi di lacrime. Perché non viene più a trovarmi? L'ultima volta, gli alberi non avevano ancora messo le foglie. L'inverno, come dice Gabrielle...

Un sobbalzo più forte degli altri. Il treno sta viaggiando molto veloce, adesso. Oscilla un po'. A destra. A sinistra. D'improvviso mi viene paura che si stacchi dai binari e si rovesci violentemente di lato. Chiudo gli occhi e mi attacco ancor di più al collo di mio padre. La paura non sparisce, non del tutto almeno, ma piano piano mi tranquillizzo, mi rilasso. E alla fine, per fortuna, mi addormento.

Luce. Un raggio di sole si posa sul mio viso. Le tende scure dello scompartimento sono ancora tirate, ma fuori è giorno fatto, si capisce benissimo. Si sveglia anche mio padre, un uomo dal viso stanco, la cui magrezza mi colpisce di colpo. Da quanto tempo ha le guance così scavate? E quelle rughe sulla fronte, quando si sono formate? E la tosse che lo scuote appena sveglio, che segno è? In pochi minuti mi sento invadere da un'angoscia sorda, che scompare solo con l'arrivo alla stazione di Biarritz, la nostra destinazione. Dobbiamo lasciare lo scompartimento, scendere dal treno. Mio padre mi prende in braccio e mi porta sulla banchina. Fuori dalla stazione ci aspetta un'ambulanza.

Luce, ancora. E calore, tutto intorno a me. Comincia un'altra vita, o perlomeno, questo è quel che mi dicono. Devo scordarmi della solitudine dell'ospedale; qui, in questo centro di riabilitazione, starò insieme ad altri bambini. E se sono l'unica a non poter camminare, ciò non mi esonera dalle regole del posto. Mio padre è ancora di fianco a me quando la religiosa che ci ha accolto ce le spiega.

«Allora, Malika» dice. «Qui avrai delle amiche.»

Amiche? Non ne voglio. L'aver vissuto da sola così a lungo mi ha resa riluttante, selvatica, persa in un mondo interiore popolato di canti e odori d'incenso. Quel che voglio è andarmene da qui, riprendere il treno, sentire di nuovo le braccia di mio padre intorno a me, posare la testa sulla sua spalla, dormire e poi svegliarmi a casa mia, a casa nostra, in mezzo agli schiamazzi e le risate dei miei fratelli e sorelle. Quel che vorrei è alzarmi e camminare, con i piedi infilati dentro quei sandaletti bianchi belli nuovi che non ho mai potuto usare, anche se, per immaginare quello, devo tornare indietro con la mente, andare al preciso istante in cui giocavo sul marciapiede senza accorgermi del camion che faceva marcia indietro su di me.

Ma per quanto chiuda gli occhi e stringa forte la mano di mio padre, resto lì, nell'atrio rococò dell'antico castello trasformato in centro di riabilitazione. Peggio ancora. Mio padre si gira vigliaccamente dall'altra parte, evita il mio sguardo supplicante, mi volta le spalle. Lo guardo andarsene, lunga figura magra già oltre la porta. Poi, trattenendo le lacrime, seguo la suora che mi fa strada fino al dormitorio...

Il mare, un mare mosso, a volte persino agitato, che

infrange grosse onde sulla spiaggia di ciottoli. Ho scoperto il mare solo due settimane fa, e da allora continuo a contemplarlo. Lo faccio per ore, senza annoiarmi, mentre gli altri bambini strillano e corrono sulla spiaggia. Alcuni avanzano fino all'acqua, entrandoci con i piedi e con tutte le caviglie. I loro giochi mi sono proibiti, ancora non mi hanno autorizzata a camminare. Mi spingono fino qui sulla sedia a rotelle; mi sistemano in un punto e lì rimango, semplicemente seduta, a guardarmi intorno. Ma è una inerzia che non mi pesa, persa come sono nella contemplazione dell'acqua in movimento. Osservo in lontananza la formazione delle onde, indovinandone la forza dalle creste schiumose; attendo il momento in cui si avvolgono su se stesse, per poi impennarsi e ricadere con gran fracasso sulla riva. Le onde sono le mie uniche amiche, qui. Nessun altro parla con me, nessuno mi canta una ninnananna all'orecchio. Gabrielle, l'infermiera, era tenera e dolce. Sorella Marguerite sapeva conquistarmi con le sue storie. Qui ho l'impressione di essere trasparente, che nessuno mi veda. Gli altri bambini non si avvicinano. Forse dipende dal fatto che le mie gambe, segnate da profonde cicatrici ancora fresche e cinte da stecche di metallo, fanno di me una specie di mostro, una bambina mezza normale e mezza minorata. Oppure è per la mia carnagione olivastra, per i miei capelli e i miei occhi un po' troppo neri? O magari, semplicemente, perché sono timida, così timida che in pratica non apro mai bocca? Domande inutili, resta il fatto che non ho nessuna amica della mia età. Quanto al personale medico, svolge il suo lavoro meglio che può, ma senza troppa partecipazione. Comunque, qualcosa di bello c'è. Le passeggiate sulla riva. Le visite alla cappella, detestate da tutti gli altri ospiti del centro. E quelle giornate troppo brevi in cui mio padre viene a trovarmi e passiamo qualche ora insieme in riva al mare. La gioia di rivederlo, però, si accompagna a una sorda inquietudine: è sempre più magro, sempre più pallido. Ha il viso tirato, una tosse incessante. Ovviamente, non si lamenta mai. Mi parla soltanto della nostra famiglia, che mi sta aspettando a casa.

Ma per quanto mio padre faccia e dica, i miei ricordi di casa sono ormai così sfumati da essere quasi inesistenti.

4

L'ospedale, di nuovo. L'ospedale di Nanterre, nel quale ho già passato più di due anni. E dove ormai ho le mie precise abitudini. La stanza con i muri beige, il soffitto bianco e la finestra che dà sugli alberi, è diventata la "mia" camera. Nell'armadio ci sono le mie bambole, i cubi di legno, dei dolciumi e qualche vestito, messo raramente. Sono sempre in camicia da notte o in pigiama, sdraiata o seduta. La monotonia dell'ospedale sta pian piano cancellando i miei ricordi di bambina. Fuori, nella vita reale, avevo dei fratelli e delle sorelle; tremavo quando mia madre andava in collera, cercavo di evitare alla meno peggio le sue sberle e mi tappavo le orecchie per non sentirla urlare; nel negozio di mio padre giocavo a fare la commerciante, facevo finta di dare il resto con un pugnetto di fagioli secchi; mangiavo con grande golosità i dolci al miele fatti durante il Ramadan; mia madre mi scioglieva i capelli per rifarmi poi delle lunghe trecce, strette, forse ci metteva anche dell'henné... Oggi – ma che giorno è? Di quale mese? continuo a non saperlo – nella mia vita c'è solo l'ospedale. La visita del mattino. Le medicazioni e le fasciature, fatte, disfatte, rifatte ancora... La toilette espletata un po' velocemente, i capelli corti, tagliati una volta al mese, i pasti consumati a volte in refettorio, tra gli aromi delle minestre e del purè, i piatti che preferisco. La cappella, la domenica mattina e i canti, naturalmente, che ritrovo. La visita di Gabrielle, l'infermiera di notte. I saluti veloci degli inservienti, la noia dei lunghi pomeriggi da sola, la fissità di ore interminabili, passate a fantasticare con lo sguardo perso oltre la finestra. Ma a volte, come un fulmine a ciel sereno, si scombina tutto. Mi prendono, mi trasferiscono, mi sdraiano su un tavolo di metallo, mi addormentano. Quando mi sveglio, ho le braccia e le gambe attaccate alle flebo, e il tormento degli aghi che mi bucano la pelle. Eppure, persino la sofferenza è diventata una vecchia amica. Ormai ho imparato a domarla, a conviverci, a dimenticarmene lasciando spazio alle mie fantasie. Dormo. Mi sveglio. Mi riaddormento. Intorno a me non si muove niente, non cambia nulla. L'ospedale dorme e si sveglia con me. Un bozzolo scomodo, nel quale malgrado tutto sto crescendo, e dal quale non esco che per qualche giorno, o qualche settimana.

Una camera con i muri tappezzati di blu. Un letto grande, di ferro battuto, sul quale sono sdraiata, sola. Stamani, sorpresa: è venuta a prendermi un'ambulanza e mi ha portato in rue Pascal. Poiché sto meglio, mi hanno concesso un "permesso d'uscita"; i medici hanno ritenuto di potermi lasciare qualche giorno con i miei. È la prima volta che torno a casa, dopo l'incidente. Ma è passato così tanto tempo che non riconosco niente. Né la casa, molto più piccola di come la ricordavo. Né i miei fratelli e sorelle, che al mio arrivo sono spuntati tutti: Hayat e Bibi, Taieb e Mohamed, e naturalmente Djamila. Sono rimasti sulla porta a guardarmi, mentre un milite dell'ambulanza mi faceva scendere e mi portava fino a casa. Stretti gli uni gli altri, formavano uno strano gruppetto, appena appena ostile, che si è scansato giusto il necessario per farci entrare. Oltre la porta c'era mia madre, che mi aspettava. Quando mi ha visto, bimbetta emaciata con le gambe inerti, ha abbozzato un sorriso che presto si è trasformato in una smorfia. Poi ha indicato all'uomo dell'ambulanza la camera a destra, quella dove prima dell'incidente dormivo insieme ai miei fratelli. E lì sono venuti tutti, uno dopo l'altro, a vedermi. Nessuno di loro però, è rimasto un po' con me. Neanche mia madre: si è seduta sul bordo del letto per alzarsi poi quasi subito, chiamata dalle sue faccende domestiche. Così ora sono di nuovo da sola, come all'ospedale. Loro sono tutti insieme nell'altra stanza. Li sento parlare e ridere. Dal suono dei piatti che si scontrano, e dall'odore forte e speziato che invade anche la stanza dove sono io, riconosco quel che stanno mangiando. La porta è socchiusa, riesco a intravedere una stufa a carbone che dà una luce ambrata all'ambiente. Dev'essere bello stare seduti vicino al fuoco, insieme a loro; ma non viene a prendermi nessuno. Allora, come per riflesso automatico, lascio evadere e vagabondare lo spirito, libero di perdersi nelle visioni che poi, di regola, mi conducono fino al sonno. La cappella e i suoi profumi d'incenso. Le voci delle religiose nel silenzio dell'alba. Le onde che s'infrangono sulla battigia. E infine una carezza lieve sul braccio, la carezza di una mano, quella di mio padre, tornato dal negozio, venuto ad abbracciarmi.

Inverno 1962. L'inverno dei miei sei anni. Quello durante il quale i medici decidono che posso finalmente riprendere a camminare. Stando a loro, le ossa del bacino e della gamba destra si sono consolidate. Ma prima occorre rieducare i muscoli, atrofizzati dalla lunga immobilità. Ogni mattina, un fisioterapista lavora sulle mie gambe ferite. Le manipola a fondo, come fossero oggetti inanimati. Millimetro per millimetro, cerca di ridare vigore ai miei tessuti. Guai a me se protesto. Vergogna se grido. Per farmi tacere, il fisioterapista, un pezzo d'uomo tutto muscoli, alza la voce. E se mi metto a piangere fa pure peggio, impasta con ancora più forza le mie povere gambe doloranti. «Se ti faccio male» mi rimprovera, «è per il tuo bene.» Alla fine sto zitta e lo lascio fare. Lui prende la gamba destra e la stira, poi piega il ginocchio rimasto fermo troppo a lungo, ne fa ruotare l'articolazione millimetro per millimetro. La pelle della coscia resiste alla meno peggio, ma ho paura che di questo passo le cicatrici, ancora fresche, potrebbero lacerarsi e rimettersi a sanguinare. Lui va avanti lo stesso, tira ancora più forte, prende il polpaccio e lo manipola con le sue mani brute, poi passa alla gamba sinistra... Mi fa male. Un male tremendo che m'invade il corpo intero come una lebbra. Ma continuo a tacere, lo lascio fare, e a un certo punto avviene qualcosa, una specie di scissione. Il mio corpo, attanagliato dal dolore, resta dentro la stanza; il mio spirito invece vola altrove, dove esattamente non saprei dirlo, ma altrove. C'è una Malika che sente il dolore, e ce n'è una che dorme. Una bambina che piange, e una che non sente più le lacrime scivolare lungo le guance. La malata e l'assente che guarda, dall'alto, l'uomo che continua a torturarla.

«Bene Malika» dice. «Vedrai, ancora qualche seduta e potrai poggiare i piedi per terra...»

Posare i piedi per terra? Sì. È proprio ciò che faccio, due settimane dopo. Ma se ingenuamente pensavo di potermi rimettere a sgambettare, devo tornare subito alla realtà. La prima volta che ci provo, sorretta da un'infermiera, non riesco nemmeno a sentire il pavimento: è una sensazione terribile, quella di un vuoto enorme sotto i piedi, e io che ci cado dentro. Non ho più i piedi. Non ho più le gambe. Sono morte con il tempo, quello che resta è solo una piccola massa di carne inutile. Non calzerò mai più quei bei sandali bianchi. Non giocherò mai più sul marciapiede. Sono un'invalida, a vita. Tanto vale rassegnarsi, tanto vale tornare a letto, infilare sotto le coperte anche la testa e restare lì, ad aspettare che arrivi il sonno.

«Forza Malika, resta in piedi.»

L'infermiera insiste. Mi passa un braccio intorno alla vita, mi costringe a tenere i piedi posati per terra. Invano. Il vuoto è sempre lì. A volerle credere, pian piano sparirà, bisogna solo insistere. Un'altra promessa, una di quelle promesse che le infermiere mi fanno di continuo. Quante ne ho sentite? A quante ho creduto? «Se stai brava, non ti farò male. Se non ti muovi, l'ago entrerà nella vena senza problemi. Se mangi riprenderai le forze»...

«Va bene, basta così per oggi. Riprenderemo domani.»

Ecco, è finita. Ritrovo il mio letto con gran sollievo. Con prudenza sistemo le gambe nella loro posizione abituale, quella che mi fa meno male: la destra tutta dritta, la sinistra un po' piegata su se stessa. Poggio la guancia sul cuscino, chiudo gli occhi. E quando sento il sonno arrivare, prego in silenzio di non svegliarmi mai più.

Inverno, ancora. Arriva un medico. Osserva le mie gambe. Poi si trattiene a lungo con un collega arrivato poco dopo di lui. Io tengo gli occhi chiusi. Dall'infruttuoso tentativo di rimettermi in piedi mi sono ripiegata su me stessa e sulle mie fantasie, apro le palpebre solo di tanto in tanto. Tuttavia, sento quello che stanno dicendo i due medici. Parlano di un'"apparecchiatura". Un'apparecchiatura? Qualche ora più tardi entra in camera un'infermiera, una nuova; ha in mano dei listelli di metallo. Dev'essere quella, l'apparecchiatura. Mi applica le stecche sulle gambe, cercando di tenerle verticali. Ed ecco che, per la prima volta dopo tre anni e mezzo, riesco a stare in piedi. Ancora non riesco a crederci, e infatti rimango attaccata all'infermiera. Ma devo arrendermi all'evidenza: le gambe non cedono più sotto il peso del mio corpo. Anzi, con l'aiuto delle due stampelle riesco persino a fare qualche passo, i primi di un lungo apprendistato. Se prima camminare era una cosa normale, così normale da non pensarci nemmeno, adesso ogni passo è un processo lungo e difficile. Per avanzare di qualche metro devo produrre gli sforzi di un maratoneta, ponderare attentamente ogni movimento. Ma non importa. Riesco a fare il giro della camera, anche se ci metto quasi mezz'ora...

Sempre inverno. Lascio di nuovo l'ospedale per rue Pascal. Ritrovo la camera blu, ma l'accoglienza dei miei fratelli e sorelle continua a essere piuttosto fredda. Inoltre, in casa c'è un'atmosfera strana. Mia madre sembra preoccupata, per non dire in ansia. Proibisce ai miei fratelli più grandi di uscire la sera e tiene lunghi conciliaboli con mio padre. Discutono della guerra in Algeria, di un movimento chiamato FLN, di documenti falsi, di armi, di munizioni. Spesso, dopo qualche minuto la discussione diventa litigio. Mia madre assume dapprima un tono lamentoso, poi furente. Mio padre, s'innervosisce anche lui; attraverso la porta socchiusa lo vedo darle uno schiaffo in piena faccia. Mia madre fa un passo indietro barcollando. Lui fa per dargliene un altro ma lei si precipita nella mia camera, mi prende, mi stringe forte al petto, si volta verso mio padre usandomi come uno scudo. E si mette a insultarlo...

Le sei del mattino. Il sole non è ancora sorto, ma sono già sveglia da parecchio. Non sono nemmeno sicura di avere dormito, il ricordo della scena di ieri deve avermelo impedito completamente. Per tutta la notte ho rivisto mio padre paonazzo di rabbia, il braccio alzato nell'atto di colpire mia madre urlante, e ho continuato a sentire il suono dello schiaffo che le ha dato. Un attimo dopo mi ha afferrato bruscamente. Avverto ancora le sue mani su di me, mani dure, inesorabili, conficcate nel mio corpo come artigli, mi strappa via da mia madre e mi stringe a sé, mi tiene appiccicata al suo petto, ed è ancora furioso, questo è evidente, ma smette di picchiarla, ora potrebbe far male anche a me...

Dei colpi alla porta, così violenti che mi fanno sussultare. Chi può essere a quest'ora? Mi tiro su lentamente, con cautela, poi mi metto sul fianco e scendo dal letto. Senza le stampelle, le mie gambe non sono ancora molto sicure, ma riesco lo stesso ad arrivare fino alla porta della camera, che apro appena, giusto prima di lasciarmi scivolare a terra. Nella stanza accanto si stanno alzando tutti, in fretta e con gran trambusto. Al buio non riesco a distinguerli, né i miei fratelli e sorelle né i miei genitori, ma dai loro sussurri si capisce che sono spaventati. E intanto, i colpi alla porta continuano.

«Aprite!» gridano. «Polizia!»

La polizia? Il cuore prende a battermi all'impazzata. Capisco d'istinto che gli uomini che adesso stanno entrando in casa ce l'hanno con mio padre. E infatti è proprio lui che prendono e portano via. Uno di loro fa un rapido giro della casa, fruga nei mobili e dentro gli armadi, solleva i materassi, poi scende in cantina, dove sono state nascoste delle armi, l'ho sentito ieri sera. Così viene il turno di mia madre, anche lei presa e trascinata via...

Arrestati. I miei genitori sono stati arrestati. Dovrei essere atterrita, o quantomeno disperata. E invece, stranamente, non sento niente, nemmeno un po' d'inquietudine. L'incidente, i vari interventi chirurgici, mi hanno insegnato a proteggermi. Quando un sentimento troppo intenso minaccia di farmi vacillare io chiudo la mia anima, ed è come se la Regina delle Nevi in persona mi facesse un incantesimo, trasformandomi in ghiaccio. Non provo dolore, né angoscia. Mi limito ad aspettare che le cose passino, che la situazione torni, se non normale, almeno tollerabile. Questa volta dovrò pazientare quarantott'ore – il tempo massimo di un fermo di polizia – prima di veder tornare mia madre. Durante la sua assenza, Hayat si fa carico dell'intera famiglia. Fa da mangiare, ci serve a tavola e si occupa di tutto il resto. E risponde come può alle domande dei vicini e degli amici, venuti in massa a darci sostegno. Noi, i figli Bellaribi, restiamo in silenzio. Aspettiamo. Un gruppetto spaurito che per tranquillizzarsi non abbandona le abitudini, i soliti gesti quotidiani... Bibi mangia troppo, come sempre. Djamila si pettina e ripettina di continuo. Mohamed tira calci a un vecchio pallone. Quanto a me, guardo dalla finestra, come facevo in ospedale, con il viso raggelato e il corpo immobile. Il giorno se ne va, arriva la notte. Nessuno di noi riesce a dormire. All'alba, Hayat si alza e prepara la colazione. Come ogni mattina, il profumo del caffè riempie la casa, ma non riesce a darci alcun conforto. Cosa faremo, cosa succederà se i nostri genitori non torneranno? Dovremo partire, separarci, ritrovarci in un orfanotrofio o, peggio ancora, tornare in quel "posto sperduto", giù in Algeria, un paese nel quale nessuno di noi ha mai messo piede. I miei fratelli e le mie sorelle parlottano tra di loro. Ogni volta che si sentono dei passi dalla strada vedo sulle loro facce la paura e la speranza. Ma ogni volta quei passi si allontanano e in casa torna il silenzio, l'attesa ricomincia. Lunga. Interminabile. Poi – finalmente! – quando ormai stavamo per non crederci più, la porta si apre.

Se Fatima ha patito il carcere, sul suo viso non ve n'è traccia. È solo un po' più chiuso del solito. Ci precipitiamo su di lei, abbracciandola e baciandola, e lei per una volta lascia fare, anzi, ci stringe a sua volta, ci rende i baci che le diamo e piange persino, tenendo Bibi stretto stretto. Ma non ci racconta nulla, non ci dà nessuna spiegazione, non una parola su quanto è successo. Dov'è nostro padre? Tornerà anche lui? Oppure, come ha detto ieri un vicino, lo hanno messo in prigione? Non ne sapremo niente.

Il giorno dopo, riparto in ambulanza. Guardo scorrere la città intorno a me. La Regina delle Nevi non ha tolto l'incantesimo, la mia anima continua a essere fredda. Mi addormento.

Cannes. Un nuovo centro di convalescenza: la casa di Nazareth. Al mio arrivo, le religiose che gestiscono il posto mi danno una divisa, gonna azzurra, camicetta bianca. Così vestita dovrei essere simile a tutte le altre ospiti della casa; in realtà, la pelle olivastra e gli occhi neri mi fanno risultare diversa. Ancora una volta, sono la straniera, la figlia di un "magrebino". Come se non bastasse, ho due gambette scheletriche bardate di metallo, e mi muovo solo con le stampelle. Quando arrivo, le altre si scansano. Mi hanno soprannominata "gamba di ferro", e ridono del mio sforzo di camminare il più normalmente possibile. Io le ignoro, o perlomeno faccio finta, sforzandomi di essere disinvolta. Non dico una parola. Me ne sto in disparte. Alla mensa mangio quello che mi danno senza mai chiedere una porzione supplementare. La sera, nel dormitorio, raggiungo il mio letto con le sbarre ai lati, mi ci stendo e chiudo gli occhi, ignorando il vociare delle altre.

E cerco, anche, di assecondare al meglio le esigenze delle suore che si occupano di me. A Cannes, mi hanno insegnato a pregare, senza preoccuparsi un solo istante del fatto che ero musulmana. Nessuna di loro mi ha mai chiesto se credessi in Allah, o se a casa mia si rispettasse il Ramadan. Al contrario. Mi hanno insegnato le regole della fede cristiana con un certo vigore. Sorella Marguerite mi aveva già raccontato la storia di Gesù Cristo, del figlio di Dio inviato sulla terra per salvare l'umanità. Adesso, queste religiose dalle lunghe vesti azzurre mi fanno entrare nel catechismo e nella pratica della devozione. A dire il vero, la cosa non mi dà fastidio, anzi. Mi piace ascoltarle, e sognare, poi, un paese nel quale ci sia abbondanza di latte e di miele, e dove tutti gli uomini si amano gli uni gli altri. Giorno dopo giorno, m'impregno della religione cristiana e imparo più facilmente il *Padre Nostro* e l'*Ave Maria* che le lettere dell'alfabeto...

Ho sei anni e mezzo. Dovrei aver imparato a leggere e scrivere, dovrei conoscere i giorni della settimana, iniziare a contare eccetera. Non è così: all'ospedale di Nanterre, nessuno si è preoccupato della mia mancanza d'istruzione. A Cannes funziona diversamente, e suor Jeanne, la maestra incaricata delle lezioni, decide di farmi recuperare il ritardo. Non è facile per lei, devo riconoscerlo. Perché pur andando in classe come le altre – le lezioni si svolgono in una stanzetta di fianco al refettorio – non riesco a concentrarmi. Le lettere e i numeri per me sono come dei geroglifici. Provo e riprovo a riconoscerli, a memorizzarli, a scriverli, ma li scambio, li confondo, e la mia stilografica fa più che altro delle macchie enormi...

Una figura vestita di nero compare sulla porta. È mia madre. È venuta a prendermi, suor Jeanne me lo ha appena detto. Nel vederla non provo alcuna gioia, semmai dell'irritazione. Stavo iniziando ad abituarmi alla casa di Nazareth. Mi ero fatta dei riferimenti precisi: la messa, al mattino, seguita dalla colazione nel refettorio, e poi le lezioni in classe, il pranzo (con a volte il mio piatto preferito, purè di patate), le cure nel pomeriggio, sedute di raggi abbronzanti sulle gambe e sui glutei, poi la merenda, pane e cioccolata, i compiti e infine un'ultima visita al Cristo, nella cappella decorata con magnifiche vetrate. Ieri sono riuscita a leggere una frase intera. E anche con la scrittura faccio progressi. Insomma, qui sto bene. Non sono nemmeno più la straniera, le altre si sono ormai abituate alla mia compagnia. Ma ora, tutta questa tranquillità mia madre sta per togliermela. Perché? Per andare in ospedale, di nuovo?

«Malika...»

Suor Jeanne mi spinge verso mia madre. Io avanzo a malincuore. Arrivo di fronte a lei. Alzo il viso perché possa baciarmi. Ma lei non si abbassa come mi aspettavo; mi guarda soltanto, e poi sussurra: «Tuo padre vuole vederti».

Mi irrigidisco subito. Dev'essere successo qualcosa, lo sento. Perché non è venuto semplicemente lui stesso? Mi sarebbe piaciuto fargli visitare la casa di Nazareth, mostrargli il posto dove dormo, il refettorio, la cappella...

«Tuo padre è all'ospedale» aggiunge mia madre. «Ha chiesto che tu lo vada a trovare.»

Un massiccio edificio dai muri bianchi, piantato in mezzo a un parco immenso. Mio padre è qui, all'ospedale Foch. Da quanto tempo è ricoverato? Di quale malattia soffre esattamente? Mia madre non me lo dice. Del resto, da quando mi ha recuperato a Cannes, parla appena. E io mi guardo bene dall'iniziare una conversazione. Conosco abbastanza Fatima, quando ha la fronte corrugata e lo sguardo cupo è meglio evitare di rivolgerle la parola. Dall'incidente non mi ha più dato schiaffi, non mi ha nemmeno più sgridata; non voglio rischiare di ricominciare proprio oggi. A ogni modo, per sapere di mio padre basta attendere: mi spiegherà tutto lui stesso.

Mentre attraverso il parco, zoppicando alla meno peggio sulle stampelle, non sono più preoccupata. Anzi, provo persino una certa allegria. Il tempo è bello; ai lati della strada l'erba è molto verde, e qua e là si vedono dei fiorellini. Mi godo il momento e lascio libera l'immaginazione: mi vedo entrare nella camera di mio padre, raggiungerlo e rannicchiarmi tra le sue braccia. Sento già il suo odore, un misto di tabacco e traspirazione, e il suono della sua voce, roca e tenera insieme.

«Ciao Malika. Vedi, non sto tanto bene. Ma stai tranquilla. Guarirò, come te...»

Ma le cose non vanno affatto come le ho immaginate. Una volta entrate nell'edificio, mia madre si ferma.

«Malika» mi dice, «devo avvertirti. Tuo padre ha una malattia molto grave e molto contagiosa: la tubercolosi. Non potrai avvicinarti a lui.»

Una malattia grave e contagiosa. Non potrò avvicinarmi a lui. Le parole mi risuonano in testa e mi fanno male, più male di quanto potrebbero farmene degli schiaffi. Non voglio accettarlo, non posso. Mia madre mente. O comunque esagera, come sempre, un nonnulla per lei diventa una tragedia.

«Dài, Malika. Andiamo.»

Prendiamo un ascensore. Ne usciamo al secondo piano. C'è odore di disinfettante, e uomini e donne in camice bianco che vanno e vengono lungo il corridoio. Ancora qualche passo e ci siamo. Oltre il vetro di una porta, steso in un letto tra lenzuola bianchissime, c'è mio padre. Mi avvicino più che posso, appiccico il naso al vetro. Poi mi stacco. Impossibile. Quell'uomo pallido e magro, con l'aspetto di un morente, non può essere mio padre. Mohamed è un uomo prestante, spalle larghe, sempre ben vestito, non un moribondo che cerca disperatamente aria. Ma appena si volta verso di noi devo arrendermi all'evidenza: quel malato dagli occhi febbricitanti, che tossisce con la mano premuta sul petto, è proprio mio padre...

5

1963. Ho appena festeggiato i miei sette anni a Pau, nel mio terzo centro di convalescenza e riabilitazione. Un castello pieno di colori, di porte, di angoli e cantucci, di enormi saloni con i soffitti riccamente decorati. Qui tutto mi sembra smisurato, e allo stesso tempo familiare. Il refettorio, dove tra i lunghi tavoli di legno aleggia sempre un buon odore di zuppa calda. Il dormitorio, con il suo pavimento incerato che ogni mattina, pattine ai piedi, tiriamo ancor più a lucido. La stanza dei giochi, dove pian piano faccio conoscenza con le mie nuove compagne. Quello che mi piace di più è passeggiare in aperta campagna. La mia camminata non è ancora sciolta, ma ormai non ho più bisogno delle stampelle. Al mio fianco, Bilou, il cane della proprietà, un dolcissimo bastardino dal pelo lungo e bianco. Mi accompagna tra le vigne, o lì nei pressi, dove spuntano le prime gemme delle giunchiglie. Gli lancio un bastone, e lui me lo riporta. Una volta. Due volte. Dieci volte. Quando sono stanca mi siedo a ridosso di un albero; lui si accuccia vicino a me, mi guarda con i suoi occhi grandi e dolci, si lascia accarezzare a lungo. Gli parlo di mio padre, morto poco dopo la mia visita all'ospedale. Gli confido quanto mi manca. E se per caso mi scende qualche lacrima, mi lecca la mano come per consolarmi.

Le quattro del pomeriggio. Sto aspettando la merenda insieme alle altre ospiti del centro. Oggi il tempo è molto bello, perciò siamo fuori, sulla scalinata. Una suora ci porterà qui i cestini con il pane e il cioccolato fondente. D'un tratto, ci accorgiamo che due uomini stanno risalendo il vialetto di accesso alla proprietà. Uno di loro tiene in braccio Bilou, inerte.

«Bilou!»

Vado loro incontro più in fretta che mi riesce.

«È morto» dice uno dei due come risposta alla mia domanda muta. «È stato morso da una vipera...»

Voglio morire anch'io, il prima possibile, voglio raggiungere mio padre e Bilou. Il cane giace in una fossa scavata appositamente per lui, nella quale ho adagiato un mazzo di giunchiglie. Resto qualche minuto in raccoglimento davanti alla tomba improvvisata, il tempo di recitare un *Padre Nostro*. Poi taglio per i campi, tra l'erba alta, così se incontro una vipera morderà anche me, come è successo a Bilou, e porrò fine anch'io a questa vita che mi ha portato solo sfortuna e disgrazie...

Quel giorno cammino a lungo, finché non crollo di stanchezza. E rimango lì a piangere, nell'erba calda e secca, con il sole a picco. Poi torno indietro. Una suora mi aspetta sulla scalinata ma non mi rimprovera per essere stata fuori così a lungo, mi fa semplicemente rientrare nel castello, come se niente fosse. E la vita riprende, un giorno dopo l'altro, fino a quando mi dicono che il soggiorno è finito e che mia madre verrà presto a prendermi.

Un ultimo giro del castello. Il dormitorio. Il refettorio. La classe. La cappella. Uno sguardo fuori, nel cortile, dove stanno giocando le mie compagne. Una suora mi porta in una saletta dove ci sono un tavolo e due sedie, il posto in cui i bambini aspettano le visite. Appena arriverà mia madre mi verranno a prendere, mi porteranno da lei e ce ne andremo insieme. Dire che questa prospettiva mi piace, sarebbe mentire; ma so che protestare è inutile. Così resto qui, seduta a far niente, senza dire niente, spettatrice della mia vita, come sempre. L'orologio a muro segna le dieci del mattino. È da poco che ho imparato a leggere l'ora, e ne sono molto orgogliosa. Mia madre non dovrebbe tardare ad arrivare, in questo posto le dimissioni si fanno sempre entro mezzogiorno. Come torneremo a Parigi? In treno? In ambulanza? E una volta arrivati, cosa succederà? Dovrò tornare ancora in ospedale, subire un altro intervento chirurgico? O potrò finalmente andare a scuola come tutti gli altri bambini? Mi giro e rigiro in testa queste domande, e intanto le lancette dell'orologio avanzano. Le dieci e dieci. Le dieci e venti. Le dieci e mezza... Mi alzo con precauzione – sento le gambe intorpidite dall'immobilità, non vorrei che mi cedessero – e raggiungo la porta. Nel corridoio non c'è nessuno. Non si sente nessun rumore. Per un istante mi domando se devo uscire dalla stanza e andare fino al bancone dell'ingresso per chiedere cosa succede. Poi ci rinuncio. Se mia madre arriva e non mi trova qui si arrabbia di sicuro. Meglio che mi rimetta seduta e aspetti.

Mezzogiorno. Mezzogiorno e mezzo. L'una. Sono ancora seduta. Non è venuto a prendermi nessuno. Mi decido a riaprire la porta della stanza. Il corridoio è sempre deserto, ma nell'aria c'è un invitante profumo di cibo. Ho fame. Davvero molta fame, a colazione ho bevuto solo un po' di caffelatte. Devo stare ancora qui ad aspettare, senza mangiare? Stavolta decido che non deve essere così. Mi chiudo la porta della saletta alle spalle e raggiungo il refettorio, che a quest'ora è pieno. Le mie compagne, sedute in tavolate di otto, stanno mangiando e il piatto principale, pollo arrosto e fagiolini, è già stato servito. A guardarle, mi viene l'acquolina in bocca.

Timidamente, chiamo la suora di sorveglianza: «Suor Ursula?».

E lei, appena mi vede esclama: «Malika, che cosa ci fai qui? Tua madre non è venuta a prenderti?».

No, mia madre non è venuta. Suor Ursula mi concede di mangiare con le altre, ma appena finito devo ritornare nella saletta d'attesa. Prima o poi, sia pure con grande ritardo, mia madre arriverà, di questo le suore sono convinte.

Ma un'ora dopo l'altra passa anche il pomeriggio, e mia madre non compare. Giunta la sera, torno nel dormitorio, la valigia in mano. Mi ronzano in testa decine di domande. Perché Fatima non è venuta? È malata? Ha avuto un incidente? Oppure un qualche problema di uno dei miei fratelli e sorelle le ha impedito di prendere il treno? Ma in tal caso, perché non ha avvisato? Avrebbe potuto telefonare, o mandare un telegramma, in ogni caso non sarebbe stata una cosa difficile. A meno che non sia morta, naturalmente, come mio padre e Bilou. E se fosse davvero così, chi si occuperà di me?

«Malika?»

Una suora si avvicina mentre mi sto rifacendo il letto, le lenzuola tirate a dovere e la coperta altrettanto.

«Abbiamo provato a metterci in contatto con tua madre» mi dice, «ma non ci siamo riuscite. Nell'attesa, devi andare in un istituto della Pubblica Assistenza. Domani verrà a prenderti un'assistente sociale.»

Un istituto della Pubblica Assistenza? Un'assistente sociale? Il cuore mi batte a mille. Ho solo otto anni, ma so bene che la Pubblica Assistenza si occupa degli orfani. Se devo andarci vuol dire che mia madre è morta...

Ma non è così. Anzi, sta benissimo, come pure i miei fratelli e sorelle. Non è venuta a prendermi perché, semplicemente, se n'è "dimenticata". O perlomeno, questo è quanto dice ai servizi sociali, quando finalmente riescono a mettersi in contatto con lei.

Dimenticata. Sono stata dimenticata da mia madre, come un pacco qualsiasi in una stazione. Eppure, quando infine Fatima si decide a recuperarmi, non riceve alcun biasimo. Nessuno le dice nulla. Al contrario: quelli dell'Assistenza, come li chiamo io, hanno l'aria di esser contenti così; che la pena, l'angoscia e i tormenti che ho provato rientrino in fondo nella normalità... Sono rimasta tre giorni in un istituto per orfani. La prima notte non ho fatto che piangere. L'indomani ho posto tutta una serie di domande alle quali nessuno si è degnato di rispondere. Mi sono rifiutata di mangiare e di bere, non mi sono cambiata, ho persino dormito tutta vestita. Ma nessuno se n'è preoccupato. A quanto pare, l'unico aspetto che conta è che alla fine le cose rientrino nel loro giusto ordine, e cioè che la piccola Malika ritrovi la sua famiglia, o chi per lei...

Rue Pascal, di nuovo. Non faccio in tempo ad arrivare che i miei fratelli e sorelle si precipitano sulla valigia. «Cosa c'è qui dentro?» chiede Hayat. Non ho nemmeno il tempo di rispondere, Djamila l'ha già aperta e sta facendo man bassa dei vestiti che mi ha dato la Croce Rossa. Li prende e li apre uno dopo l'altro: la gonna blu, la camicia bianca, i pantaloni di tessuto scozzese con tanto di maglione intonato, la camicia viola.

«Sono carine queste cose» dice, «me le regali?»

Non faccio in tempo a risponderle, se n'è già andata con i miei vestiti sottobraccio. Nora, la più piccola della famiglia, nata durante una delle mie lunghe assenze, si appropria dei miei pigiami e della mia bambola. Ecco. Non ho più nient'altro che quello che ho addosso. Ma la cosa mi è indifferente. Quello che mi auguro, è di essere accettata. E se per esserlo devo ritrovarmi nuda va bene, mi metterò nuda...

Ma presto mi rendo conto che da quel lato non devo aspettarmi niente. Altro che essere accettata! Per i miei fratelli e sorelle sono una specie di marziano, qualcosa che viene da un altro mondo. Non parliamo nemmeno la stessa lingua. Io mi esprimo in un francese pulito, fatto di frasi ben costruite. I miei – i miei? È davvero così? – parlano arabo. Per cercare di essere accettata recupero dal fondo della memoria qualche parola di quella lingua, che dopotutto è la mia lingua materna. Ma il mio accento li fa morire dal ridere. E siccome insisto, penosamente, loro si prendono per mano e formano un cerchio, mi girano intorno, sempre più velocemente: «Ah, la francese!» urlano, «ah, la francese!» mentre io sento gli occhi riempirsi di lacrime. A Cannes ero "la figlia del magrebino", qui sono "la francese". Ci sarà mai un posto in cui nessuno si farà beffe di me? Piango a calde lacrime in mezzo al loro cerchio, ma non commuovo nessuno. Né Hayat, né Bibi e nemmeno la piccola Nora. Semmai il contrario: di fronte al mio strazio ridono ancora più forte. Poi se la svignano, piantandomi lì...

Il seguito è ancora più penoso. Perché ben presto, nei confronti dei miei fratelli educati alla meno peggio, in un clima da *Grand Guignol*, mi accorgo di essere completamente sfalsata. Nei posti dai quali provengo – l'ospedale, le strutture di convalescenza – tutto è mitigato, silenzioso, rispettoso. Qui invece si urla e si strilla fin dal mattino, e ci si mena, si piange... Alla minima contrarietà mia madre si abbandona a plateali scene di disperazione. I miei fratelli non ubbidiscono, anzi, rispondono con gesti e parole sguaiate. E per quel che riguarda le mie sorelle, sono delle autentiche pesti. Soprattutto Djamila, la cocca di mamma, alla quale viene perdonato tutto. Tira i capelli a Nora, si rifiuta di aiutare Hayat in cucina e nelle faccende di casa e passa tutto il tempo a guardarsi allo specchio, peraltro l'unico, e a cambiare pettinatura. Quanto a me, tento come posso di rimettere un po' d'ordine in questa babele. A pranzo, per esempio, apparecchio io: i piatti al centro, il coltello a destra, la forchetta a sinistra, come mi hanno insegnato le suore. Ma per mia madre, è una cosa inutile.

«Metti tutto per terra!» mi urla. «Ciascuno si servirà da solo...»

Tutto per terra. Sembra essere proprio questo il motto della famiglia. Anche i vestiti sono posati sul pavimento, accanto alle scarpe mai lucidate. La biancheria, lavata male con il sapone di Marsiglia, non viene mai stirata. La mia bella camicetta bianca prende in fretta l'aspetto di un cencio sgualcito. Un giorno, quando chiedo se posso avere delle pantofole – impossibile farne a meno all'ospedale o nelle strutture di convalescenza –, Bibi scoppia a ridere: «Perché non ti metti le babbucce della mamma?». E siccome insisto, lui replica: «Piantala con queste stronzate...». Stronzate? Una parola vietata, che invece qui si pronuncia di continuo senza rischiare alcuna punizione. «Bibi, non si parla così» gli sussurro dolcemente, «si dice "stupidaggini", non "stronzate".» Ma s'intromette Hayat, urlando: «Oh, senti, borghesuccia, non starla a menare».

Notte fonda. Sono sdraiata su un materasso posato direttamente a terra. Io che di regola dormivo tra belle lenzuola accuratamente inamidate, eccomi avvolta in una coperta ruvida e maleodorante di sudore. E questa non è nemmeno la cosa peggiore. Poco fa ho fatto un grazioso disegno per mia madre; quando gliel'ho dato, lei lo ha buttato via. «Cosa vuoi che ci faccia con questo?» mi ha detto. Non ho risposto nulla. Ho recuperato il foglio e l'ho posato a terra, di fianco al materasso. Non riuscirò mai a farmi amare da lei, questo è certo. E nemmeno dai miei fratelli e sorelle, del resto. I giorni passano, ma loro non diventano affatto più teneri nei miei confronti. Persino il piccolo Bibi, se provo a raccontargli una favola, si fa beffe di me...

1964. Sono di nuovo nell'ospedale di Nanterre, per un trapianto di pelle. Un brusco cambio di universo, che tuttavia, nel vortice che è la mia vita, non mi angoscia più di tanto. Dopo aver passato qualche settimana in rue Pascal, posso misurare il fossato che mi separa dalla mia famiglia. So che non tornerò più a Cannes, né a Pau; ma se non altro, qui in ospedale mi sento a casa, nella mia vera casa. Sdraiata sul letto della mia camera – sempre la stessa, c'è da pensare che me la riservino – ritrovo tutti i miei riferimenti di bambina. Torno a passare ore e ore a contemplare gli alberi fuori dalla finestra. E volo via con lo spirito, sulle ali dei ricordi felici che trovo in fondo alla memoria. Il gusto del cioccolato fondente, che si scioglie in bocca. Quello di un buon purè caldo, salato al punto giusto. Una passeggiata in campagna, durante la quale raccolgo un bel mazzetto di margherite. La lingua calda di Bilou che mi lecca la mano. E poi i canti delle suore, che s'innalzano nella quiete della cappella come tanti messaggi rassicuranti...

Rovescio della medaglia, una sala operatoria. L'ennesima. Una maschera che mi viene posata sul naso e sulla bocca. L'ennesima. E per l'ennesima volta sprofondo in un gran buco nero. Al risveglio, come ogni volta, il dolore mi trafigge la gamba. Quanti giorni dovranno passare perché il dolore si attenui? Quante settimane prima che possa camminare di nuovo? Nessuno me lo dice. Il balletto dei medici, degli infermieri e dei fisioterapisti ricomincia. «Forza, Malika, piega la gamba, ce la puoi fare.» «Forza, Malika, una puntura non ha mai ucciso nessuno.» «Forza, Malika, alzati, devi camminare tutti i giorni, altrimenti si atrofizzano i muscoli»... Con il passar del tempo recupero un po' di forze. Ma mi guardo bene dal farlo vedere: so per esperienza che se voglio restare ancora un po' in ospedale è meglio mostrarmi ancora sofferente. E adesso che l'operazione è alle mie spalle chiedo solo questo: restare in ospedale.

«Malika, ho una bella notizia da darti.»

L'infermiera che entra nella camera esibisce un sorriso radioso.

«Domani ti dimettono!» dice. «Sei contenta?»

No. Non sono contenta. Mi chiedo dove andrò a finire stavolta. In rue Pascal? All'Assistenza? In una nuova casa di convalescenza e recupero? Ma non chiedo nulla, forse perché ho paura di sentire la risposta. Qualunque sia, chiudo gli occhi e mi barrico in me stessa. Dormo, o almeno faccio finta. E prego che mi venga la febbre, che mi bruci tutto il corpo, che mi impedisca la partenza. Del resto, se uno è malato resta in ospedale, niente di più normale... Ma l'indomani mattina, malgrado tutti i miei *Padre nostro* e *Ave Maria*, il termometro segna trentasei e sette, e quello che ho tanto temuto arriva. Mi vestono, mi fanno scendere dal letto, mi sistemano su una sedia a rotelle. Mi spingono fino all'ambulanza e mi fanno salire dietro, stesa su una barella. Quando l'autista parte, chiudo gli occhi. Li riaprirò solo diverse ore dopo, una volta arrivati a destinazione...

C'è stato Cannes. C'è stato Pau. È la volta di Chambéry, chissà perché. Stavolta però non mi trovo in una struttura medica, ma presso delle gentili signore di origine inglese. Una di loro m'introduce alla delizia del tè con i biscotti. L'altra si propone di farmi distrarre; una domenica mi porta in montagna, sulle piste di una stazione sciistica.

«Ti piacerebbe provare?» mi chiede.

Mettermi ai piedi quelle due assi che scivolano a tutta velocità senza essere sicura di riuscire a fermarmi? Assolutamente no. Dopo tutti gli interventi chirurgici che ho dovuto subire non ho nessuna voglia di rompermi una gamba. In compenso, mi lancio giù da un pendio con lo slittino, inebriata e spaventata allo stesso tempo. Qualche giorno più tardi, viene il momento di ripartire. Perché? Non lo so. È così e basta. Io, Malika Bellaribi, sono destinata a lasciare tutte le persone alle quali bene o male mi lego. Incarno, io da sola, una versione infantile dell'Ebreo errante. Questa volta poso la valigia in Bretagna, presso delle brave persone disposte a prendersi cura di me meglio che possono. Mi rannicchio in fondo a un letto enorme, ad ascoltare instancabilmente i dischi di Jeanne Moreau, e a cantarli insieme a lei.

J'ai la mémoire qui flanche,
je me souviens plus très bien...

La memoria che svanisce? È quello che succede anche a me. A furia di trasferirmi qua e là, nella mia mente si è formato un groviglio di ricordi che non riesco più a dipanare. Dov'è che mangiavo i cornetti caldi al mattino? A Cannes? A Pau? Quando ho perso la piccola mano di Fatma che mi avevano regalato i miei genitori, una perdita che mi ha fatto piangere per giorni interi? Un anno fa? Due anni fa? O forse tre? E del resto, quella mano di Fatma, me l'hanno veramente regalata o è stato solo un sogno? Quante volte sono stata operata esattamente? Cinque? Sei? Sette volte? Quando ho smesso di preciso di camminare con le stampelle? Quando mi hanno sostituito le stecche con le scarpe ortopediche? Quel che è certo è che le mie gambe, se sono tornate a essere più o meno funzionanti, sono anche rimaste piuttosto mostruose. La destra, in particolare, è ricoperta da un reticolo di spesse cicatrici, radicate su una pelle che sembra morta, tanto è livida e tirata. E questo è reale, non è un sogno, e nemmeno un ricordo. Come è reale la vergogna che queste gambe da invalida mi fanno provare...

La Bretagna, ancora. Ho fame, ma non oso chiedere da mangiare. Rubo la zuppa del cane, a base di pane. A volte, quando il tempo è bello, vado a giocare fuori. Mi invento delle storie nelle quali sono via via una principessa salvata da un prode cavaliere, una fata capace di realizzare qualunque desiderio, oppure, più prosaicamente, una maestra di scuola che fa lezione ai suoi alunni. Non sono mai più tornata a scuola. A nove anni so a malapena leggere e scrivere, e ancora meno so fare i calcoli. Le persone che mi ospitano dicono che non è poi così grave. Una volta guarita, avrò tutto il tempo per recuperare. Nell'attesa, vengo operata di nuovo, stavolta per cercare di ridurre lo spessore delle cicatrici. Un intervento di "chirurgia estetica", dicono i medici.

Estetica o meno, dal mio punto di vista non cambia granché. Si tratta sempre di essere addormentata e poi risvegliata, medicata, disinfettata, e di stare a letto immobile per intere lunghe giornate. Continuo a essere malata, insomma. E per riprendermi, be', mi manderanno ancora in qualche casa di convalescenza. Ma un giorno – mi promettono – un giorno, Malika, tutto questo finirà...

6

Ecco. Ci siamo. Dopo nove anni di andirivieni tra l'ospedale di Nanterre e le strutture per la convalescenza e il recupero sono tornata in rue Pascal, stavolta definitivamente, o almeno così hanno detto i medici a mia madre. Ho appena compiuto dodici anni, anche se in realtà, piccola e gracile come sono, ne dimostro nove. Ma finalmente potrò fare una vita normale, sempre che la vita in rue Pascal possa essere definita normale. Ogni volta che ho passato un po' di tempo qui, a casa dei miei, ho sempre avuto la stessa impressione, quella di stare in una gabbia di matti. Urlano, corrono, piangono, strillano, e il disordine è totale. Mia madre, più autoritaria che mai, gioca con i nervi di ciascuno alternando rabbia e dolcezza. Tranne Amar, e anche Djamila, che reputa "intelligente", nessuno dei suoi figli trova grazia ai suoi occhi. Carnagione chiara, capelli lisci, mia sorella ne approfitta per darsi delle arie. Spesso e volentieri si fa passare per "francese", pretende di farsi chiamare Isabelle e mi ha crudelmente soprannominata "muso nero" a causa della mia pelle scura e del mio naso piuttosto rotondo. Hayat, più grande di en trambe, per lei è una specie di Cenerentola, destinata a ogni genere di lavoro domestico. Dalla mattina alla sera Hayat lava, stira, fa i piatti, pulisce il pavimento, in pratica fa da serva a tutti, senza nessuna speranza di vedere apparire un giorno il principe azzurro. Mohamed bada ai due più piccoli, Bibi e Nora. Quanto a Dodi e ad Amar, hanno più o meno preso il posto del padre scomparso. In realtà, dalla sua morte la famiglia è rimasta senza risorse, o quasi. Il negozio di alimentari è stato rilevato da uno zio, senza dare a mia madre nemmeno un soldo in contropartita. Per farci vivere, è costretta a lavorare come donna di servizio. E tutti quanti ci ammassiamo nelle due stanze della vecchia casa di rue Pascal...

Dei letti a castello attaccati al muro, più un materasso e delle pelli di montone buttate a terra. È questa la camera da letto dei nove piccoli Bellaribi. Dalla mia ultima casa di convalescenza mi sono portata dietro dei libri, dei quaderni e un astuccio. Sperare di metterli su una scrivania è del tutto inutile: non ce n'è. Non c'è nemmeno un tavolo: mangiamo per terra, appiccicati uno con l'altro. Per dormire ci ammassiamo allo stesso modo. Due per letto, rovesciati, la testa di fianco ai piedi dell'altro, e io per terra: l'idea di non potermi muovere mi provoca degli accessi di panico. A volte, Dodi dorme con me. Spesso vengo svegliata da Djamila, che fa ancora la pipì a letto e si alza nel bel mezzo della notte per sbarazzarsi delle coperte sporche. Poi, non riuscendo a riaddormentarmi, resto lì con gli occhi spalancati, a pensare con nostalgia ai letti degli istituti di convalescenza e alle loro lenzuola bianche, immacolate.

Le dieci del mattino, di questa domenica d'agosto. L'ora in cui negli istituti di convalescenza finiva la messa e si andava a giocare con le compagne. Poi, nel pomeriggio, dopo aver mangiato con grande appetito, si facevano delle lunghe passeggiate. Tutto questo appartiene al passato. Da noi – a casa Bellaribi – la domenica inizia nello stesso identico disordine di tutti gli altri giorni. Djamila, come di regola, deve lavare le sue coperte sporche sotto le battutacce del fratello, mentre Hayat prepara la colazione, caffelatte e pane fatto in casa per tutti. Dopodiché, spazio ai lavori di casa e alle compere. Mia madre ha deciso che d'ora in avanti sarò io ad accompagnarla al mercato di Nanterre, un grande mercato orientale, un *suk* a cielo aperto, con i banchi ricoperti di spezie e di sacchi di semola. I rumori, gli odori, la musica che fuoriesce dalle baracche circostanti fanno emergere in me ondate di ricordi di tutta la mia prima infanzia, quella che precede l'incidente. Chiudendo gli occhi posso rivedere le brulicanti stradine della bidonville, i bambini che giocano al pallone con i barattoli vuoti, le madri che allattano i figli sulla porta di casa, i vecchi seduti con la pipa in bocca. Rivedo anche mio padre dietro la cassa del negozio, e mia madre che entra e si serve con l'atteggiamento della proprietaria. All'epoca, noi tutti, i figli Bellaribi, mangiavamo carne ogni giorno, o quasi. Oggi ci dobbiamo accontentare della *tagine* di verdure fatta da Hayat: patate, pomodori, piselli, fagiolini e spezie varie, il tutto a cuocere fino a saturare l'aria completamente. Detesto quel cibo, in primo luogo perché è rosso, il colore del sangue, e poi perché è un piatto grossolano, come tutto, del resto, in questa casa. Sogno del purè di patate, una omelette leggera, un po' d'insalata verde; ma quando svelo i miei desideri, mia madre mi ride in faccia e mi chiede quando la smetterò di fare la principessa...

«Malika, aiutami!»

Ecco. Quello che temevo è arrivato. Fatima si ferma di fronte al banco di un pollivendolo. Ne comprerà uno, il pollo della domenica. Poi, una volta sistemato come si deve dentro la borsa della spesa, toccherà a me portarlo fino a casa. È una prospettiva che mi fa subito venire nausea. L'ultima volta, il pollo – vivo naturalmente – si è talmente dimenato che ho rischiato di perderlo per strada. Mia madre mi ha tirato una sberla e mi ha trattato come una povera imbecille davanti a tutti. Per niente al mondo vorrei rivivere quell'esperienza, ed è invece proprio ciò che potrebbe succedere. Eccole lì, quelle bestie del diavolo. Girano in tondo nelle loro gabbie. Mia madre li valuta con lo sguardo, li soppesa con gli occhi in cerca di quello più grasso. Il prezzo è unitario, evidentemente. Fatta la scelta, lo indica al pollivendolo; è un pollo bello pienotto, con le piume lunghe e bianche e il becco di un giallo perfetto. Con l'idea di contrattare il prezzo, Fatima inizia una lunga discussione. Probabilmente nessuno, in tutta Nanterre, ci sa fare quanto lei. Grazie alla sua parlantina, alla sua insistenza, alle sue suppliche, e talvolta ricorrendo persino alle lacrime – «*monsieur*, sono una povera vedova, come fa a essere così crudele nei miei confronti?» – riesce quasi sempre a infinocchiare il commerciante. Del resto, alcuni finiscono per darle quello che vuole giusto per stanchezza, per sbarazzarsi di lei. E io, al suo fianco, sento salirmi al volto il rossore della vergogna. Per quanto possiamo essere poveri, come fa mia madre a umiliarsi fino a questo punto con quelle persone? Non ha nessuna dignità, nessun orgoglio? Giuro a me stessa che non mi abbandonerò mai a indecorose sceneggiate di tal genere, neanche se dovessi morire di fame. Intanto però, malgrado il disgusto, mi tocca acchiappare il pollo che ha appena comprato e che mi sta porgendo.

«E questa volta stacci attenta!» mi dice.

Stia pure tranquilla, stavolta non me lo lascerò scappare, questo pollo della malora. Ma santo Dio, quanto è difficile portarselo appresso! Io lo tengo per le zampe, lui cerca in tutti i modi di farmi lasciare la presa. Non solo si dimena, cerca di ferirmi con il suo becco appuntito. E mia madre intanto è già ripartita all'assalto di un altro banco, è già lì che mercanteggia... Mi fermo in mezzo al viavai, il pollo stretto nella mano destra, e chiudo gli occhi. Quanto tempo dovrò aspettarla? E dopo, torniamo a casa a piedi o prendiamo l'autobus? A piedi è più lunga, ma sull'autobus, con questa bestiaccia puzzolente vicino morirei di vergogna. Mi sentirei addosso gli occhi di tutti. E con un po' di sfortuna a bordo ci saranno pure dei ricchi bambini tirati a lucido, i maschietti con la giacca blu e le ragazze con un bel vestito ricamato. Mi guarderanno schifati, guarderanno la poveraccia che sono, vestita con roba d'accatto...

«Malika, vieni?»

Che sollievo. Mia madre ha deciso di tornare a piedi. Una buona mezz'ora più tardi, tutta sudata ma senza aver lasciato un solo secondo il pollo, sono di nuovo in rue Pascal. Resta da fare la cosa più difficile: ammazzarlo.

È vero. In confronto ai miei fratelli e sorelle sono una privilegiata, almeno su questo piano. In tutta la mia vita non ho mai dovuto uccidere per mangiare. Il pollo è sempre arrivato nel mio piatto già bello arrostito, come del resto la carne di manzo. Ma devo rassegnarmi, quel periodo è finito. La prova? Se non voglio saltare il pranzo, bisogna che aiuti mia madre a uccidere il "mio" pollo.

«Forza Malika, tienilo per il collo e le zampe.»

Il pollo è sul lavello; lo tengo il più fermo possibile ma ormai ha sentito la morte vicina e si dibatte più che mai, finché riesce a farmi lasciare la presa e a scappare in una nuvola di piume.

«Stupida!»

Mia madre, coltello in mano, mi tira un ceffone. Gli altri, fratelli e sorelle, muoiono dal ridere e si lanciano dietro al pollo il quale, sempre più terrorizzato, fa tutto il giro della stanza con le ali stese al massimo. Alla fine Mohamed riesce ad afferrarlo e lo riporta sul lavello; qualche minuto dopo il volatile è finalmente morto, e le mie sorelle iniziano a spiumarlo. Io le guardo seduta in un angolino. La guancia mi brucia, ma più che altro mi sento colpita nell'orgoglio. Con quale diritto mia madre mi prende a schiaffi? In tutti i posti nei quali sono stata per tanti anni nessuno mi ha mai insegnato a uccidere i polli. E se qui dentro c'è una stupida è proprio lei, perché nei supermercati quelle bestie si comprano già preparate, solo i selvaggi come lei le uccidono prima di mangiarle...

Dopo pranzo, i figli Bellaribi, per una volta dispensati dalle faccende domestiche, possono andare a giocare. Di fatto, mia madre ci sbatte fuori per fare in tutta tranquillità quello che ha da fare. Dopo la morte di mio padre, per cercare di guadagnarsi da vivere ha in effetti diversificato le sue attività. Un modo per arrotondare è fare il giudice di pace del quartiere. Un marito sospetta che sua moglie lo tradisca? Viene da Fatima ed espone le sue recriminazioni. Fatima lo ascolta, poi convoca la sposa e la convince, se è il caso, a porre fine alle sue turpitudini. Oppure, da vecchia volpe, diventa sua complice così, in un certo senso, il marito diventa cornuto due volte. In ogni caso, mia madre non dimentica mai di farsi pagare una bella cifra per la sua mediazione. Di tanto in tanto le danno dei soldi, o una cassetta di verdure fresche, o della carne di manzo, o qualche chilo di frutta. Quando succede, per noi che a volte non abbiamo che un po' di margarina da spalmare sul pane e una tazza di latte, è una vera festa...

Le tre del pomeriggio. Io e Bibi siamo diventati amici. Passiamo lunghe ore a giocare nel cortiletto adiacente. Gli faccio scaletta per aiutarlo ad arrampicarsi sul grosso ciliegio che sta proprio davanti a casa nostra. Una volta sistemato per bene su un ramo si mette a raccogliere le ciliege mature al punto giusto e me le lancia. Qualcuna la mangio, ma con le più belle mi faccio degli orecchini e immagino di essere una principessa con il suo bellissimo vestito rosso, simile a quello che indossa mia madre quando invita qualcuno. Perché per quanto strano possa sembrare a noi che siamo i suoi figli, a Fatima piace divertirsi. E dalla morte di mio padre, capita abbastanza di frequente che inviti delle amiche per una serata elegante e vivace insieme. Ballano al ritmo delle canzoni di Oum Kalsoum e chiacchierano fitto fitto ridendo come matte cercando di controllarsi, ma di fatto per qualche ora tornano a essere delle ragazzine spensierate. Quando posso le guardo dallo spiraglio di una porta, e dimenticando per una volta i canti religiosi mi metto anch'io a seguire di buona lena i ritornelli arabi.

«Malika, ti sei imbambolata?»

Bibi, sceso dal suo trespolo, mi si piazza davanti e mi scrolla le spalle.

«Dài, principessa» dice, «torna sulla terra. Andiamo a giocare al pallone.»

In realtà, al posto del pallone abbiamo solo un barattolo vuoto, perciò finisce che ci stufiamo presto. Allora decido che si va a "fare un bel pic-nic". Dei sassi marcano i quattro angoli di una tavola. Delle foglie di ciliegio sono i piatti. Ho bisogno di un po' d'acqua, che mescolerò con del fango, e quella sarà la nostra minestra.

«Così per gioco ci sai fare» conclude Bibi, «forse non sei così stupida...»

Mi piacerebbe che mio fratello avesse proprio ragione. Ma la riapertura delle scuole, tra una quindicina di giorni, comincia già a farmi paura. Sarà la prima volta in una vera classe, una cosa che sogno da tantissimo tempo. Finalmente avrò anch'io una vera cartella, e la farò dondolare camminando, come fanno gli altri bambini. Ma a dodici anni sto per iniziare la quinta elementare, e non sono nemmeno sicura di farcela...

Settembre. La riapertura delle scuole si avvicina a grandi passi, manca ormai solo qualche giorno. Mi sto guastando il sangue dalla tensione, ma nessuno ci fa caso. A casa Bellaribi ciò che conta non è certo lo stato d'animo di ciascuno, ma il pane quotidiano. Per arrotondare, mia madre ha incaricato me e Bibi di andare a vendere porta a porta dei francobolli dell'Associazione delle donne algerine. Ricaverà una percentuale sulle nostre vendite e sarà pur sempre qualcosa in più. Dire che io e Bibi ne siamo entusiasti è una parola grossa; comunque, né io né mio fratello abbiamo la possibilità di scegliere. Ci tocca obbedire, e farcela a piedi verso quartieri ben più residenziali di Nanterre...

La Boule. Les Quatre Chemins. Rueil. Intorno a noi, a mano a mano che andiamo avanti, il paesaggio cambia. I marciapiedi sono più larghi, iniziano persino a esserci dei platani. Gli edifici diventano sempre più signorili, i negozi più ricchi. Ancora qualche chilometro – cammino con una certa euforia, le mie gambe ormai non cedono più – e siamo nel viale che porta all'Etoile. Osservo ammirata gli edifici imponenti, dalle facciate in pietra e i balconi di ferro battuto sui quali campeggiano fiori stupendi e di ogni colore. Questi sono senza dubbio i "quartieri alti" di cui parla mia madre. Possiamo cominciare il nostro lavoro.

Un bel portone di legno, un atrio lastricato di marmo. Una scala monumentale che sale ai piani. A destra, sul pianerottolo, il primo campanello. Essendo io la più grande, tocca a me suonare. Ma non è facile: ho l'impressione di essere lì a mendicare, e non sono affatto preparata a una cosa del genere. Mi torna in mente tutta la mia infanzia, quella vera. Le funzioni religiose disseminate di canti. I sermoni dei preti, le suore che evocano Nostro Signore. Le lezioni di morale, durante le quali ci veniva insegnato a non rubare, a non imprecare, a non odiare nessuno, al contrario, ad amare il prossimo. «Quando vediamo dei poveri, o comunque persone in difficoltà, dobbiamo aiutarli» ci dicevano.

Ebbene, oggi la povera sono io: una ragazzina mal vestita e mal pettinata, dalla carnagione un po' troppo scura e gli occhi un po' troppo neri, che ha vergogna e timore di essere scacciata, e che giura a se stessa di starci lei, un giorno, al di là di quella porta, alla quale infine si decide a suonare...

E invece, con mia grande sorpresa, riceviamo un'ottima accoglienza. Non soltanto ci aprono la porta, comprano anche un bel po' di francobolli. A volte ci offrono persino da mangiare. Qui delle caramelle. Un po' più in là del cioccolato. E ancòra un po' più in là due bei panini al prosciutto. Bibi fa una smorfia perché noi non mangiamo carne di maiale, ed è lì lì per dirlo, ma riesco a bloccarlo in tempo con un'occhiata eloquente. Finisce che si mangia il panino con grande appetito, ma pretende che gli giuri di non raccontarlo a nostra madre.

«Certo che non le dico nulla, mi prendi per una spiona?»

Incoraggiato dalla nostra improvvisa complicità, Bibi mi tira per la manica.

«Sai cosa dovremmo fare?»

«No, cosa?»

«Dovremmo vendere i francobolli a un prezzo un po' più alto e tenere la differenza per noi. E poi andare al giardino zoologico. D'accordo?»

Bibi è più giovane di me, ma è senza dubbio più smaliziato. Esito appena, prima di accettare la sua proposta. Per me, lo zoo è un luogo da sogno, un eden vietato, per mancanza di mezzi, naturalmente.

«D'accordo, Bibi, vendiamoli un po' più cari. Li daremo a venti centesimi in più...»

Altro palazzo. Altre scale di marmo. Altro campanello. La porta si apre e compare un uomo. Sorpresa: è l'attore Daniel Ceccaldi. Persino io, sempliciotta come sono, lo riconosco. Hayat ha appeso al muro della nostra camera una sua foto ritagliata da un settimanale. Quando le dirò che l'ho visto in carne e ossa morirà d'invidia...

«Salve bambini, cosa volete?» ci chiede.

Silenzio. Apro la bocca ma non mi esce alcun suono, tanto sono intimidita. Stavolta è Bibi, con la sua vocina dolce, a spiegare che stiamo vendendo dei francobolli.

«È per l'Associazione delle donne algerine» recita diligente.

L'attore sorride, divertito.

«Quanto costano?» domanda.

Bibi balbetta un prezzo, lui infila una mano in tasca e tira fuori delle banconote.

«Andata. Ve li compro tutti.»

È Natale! Siamo in settembre, ma per me è Natale! Siamo allo zoo, un parco accessibile solo ai figli dei ricchi. Ma grazie ai soldi che ci ha dato Daniel Ceccaldi, oggi possiamo entrare anche noi, i miserabili di rue Pascal. E possiamo anche permetterci uno zucchero filato. Labbra e mani appiccicose, il cuore in festa, cammino accanto al mio fratellino riempiendomi gli occhi e l'anima di tutto quello che mi circonda. I larghi viali con i percorsi segnati, i prati verdissimi, gli spazi recintati dentro i quali gironzolano gli orsi sotto gli occhi dei bambini delle famiglie borghesi. Le scimmie che di continuo attraversano in lungo e in largo la loro zona. Il trenino che fa il giro del parco, l'ottovolante, gli autoscontri, e poi le altalene e gli scivoli, sui quali saliamo anche io e Bibi. Intorno a noi, gli altri bambini vanno e vengono insieme ai genitori. E per una volta, non mi sento diversa da loro: oggi sono ricca pure io, oggi ho in tasca le monete per comprare il mio pezzetto di sogno, senza neanche star troppo a contarle...

Settembre. Stavolta ci siamo, l'anno scolastico sta per cominciare. Tra meno di mezz'ora, anche la scuola di rue Victor Hugo aprirà le sue porte. E Djamila, che deve accompagnarmi, mi strapazza perché non sono ancora pronta. Si è alzata prestissimo, contenta di ritrovare le sue compagne. Poi si è agghindata a lungo di fronte all'unico specchio di casa, con tutta una serie di pose da diva. Capelli lisci e tirati, guance rosse per l'eccitazione, mi strattona, mi trascina, mi spinge fuori. E io, con il cuore in subbuglio, finisco per seguirla. Lei sa già bene cos'è la scuola, ci va da tanti anni; per me è diverso, per me è la prima volta e mi sento brutta, orribile, con questa gonna troppo corta! Ho cercato, ieri, di convincere mia madre a farmi indossare dei pantaloni, ma lei niente, è stata irriducibile.

«Non se ne parla proprio che ti presenti come una specie di maschiaccio» mi ha detto. «Il primo giorno devi fare buona impressione.»

Lungo la strada, mi scoraggio del tutto. Perché so bene che non sarà affatto così. Continuo a tirare la gonna, ma non c'è verso: le mie gambette magre – i polpacci flosci e, soprattutto, le cicatrici che avvolgono le cosce – restano scoperte. Sento già i sussurri al mio arrivo: «Hai visto le gambe di quella nuova? Che brutte!». «Guarda! Sembra che sia finita sotto un camion!» «In confronto, Frankenstein è una bellezza»...

«Malika?»

Siamo quasi arrivate. Djamila, che mi precede di due o tre metri, si volta verso di me.

«Sii gentile» mi dice, «fammi entrare da sola. Anzi, facciamo che qui a scuola non ci conosciamo proprio. Ho detto a tutti di essere francese, perciò non voglio che mi vedano con te...»

Un cortile, che a me sembra enorme. E un portico, sotto il quale si raccolgono decine di ragazze. Dall'altra parte, una rete metallica per separare le sezioni maschili. È il primo giorno di scuola, dev'essere per questo che regna un'atmosfera elettrica e allo stesso tempo allegra. Le ragazze si ritrovano, si abbracciano e si baciano. Ridono, si scambiano le ultime novità. Ho l'impressione che si conoscano tutte, io sono l'unica nuova. Laggiù, al centro di un cortiletto, Djamila sta parlando con aria molto sciolta. Appena faccio per avvicinarmi, disorientata, mi lancia uno sguardo minaccioso. Allora mi fermo di colpo e rimango piantata lì, da sola, a dondolare la cartella. Ne sognavo una nuova, piena di penne e matite dentro un bell'astuccio. Mi hanno dato una vecchia borsa, già usata dalle mie sorelle più grandi. Stessa cosa per il resto: matite spuntate, quaderni già a metà e carta assorbente macchiata d'inchiostro.

«Tanto non imparerai mai niente» ha detto mia madre, «ormai sei troppo in ritardo.»

Sì, lo so, sono in ritardo. E sono anche brutta e vestita male. Ma non sarà sempre così, farò in modo di mettermi al pari con le altre. Studierò dalla mattina alla sera e anche di notte. E finalmente un giorno potrò vedere negli occhi di mia madre una piccola scintilla, quella dell'orgoglio che alla fine riuscirò a ispirarle...

«Signorine, mettetevi in fila...»

Ecco, ci siamo. Adesso inizia davvero. Vado verso le bambine della mia classe, la quinta elementare. Si sono raggruppate davanti alla maestra, una donna alta, con i capelli crespi tirati in una piccola crocchia sulla cima della testa. È di colore, probabilmente della Martinica. Tanto meglio, sarà più facile che capisca le difficoltà di una piccola araba. O almeno, questo è quanto dico a me stessa entrando in classe per prima e abbracciando con lo sguardo il posto in cui dovrò passare tutto l'anno...

7

«Malika Bellaribi, ci sarà mai un giorno in cui riuscirai a capire quello che ti spiego?»

Un incubo. Sto vivendo un incubo. Sono trascorse solo quattro settimane da quando sono entrata per la prima volta in questo edificio scolastico. E sono precipitata in un altro mondo, un universo di dubbi e umiliazioni, paure, interrogativi. È iniziato tutto fin dalla prima ora, quella dell'appello, quando la maestra, una certa Madame Tirel, ha pronunciato il mio nome e cognome. Dal modo in cui ha detto Ma-li-ka Bel-la-ri-bi, mezzo strascicato e mezzo sdegnoso, ho capito subito che, contrariamente a quanto avevo sperato, non saremmo mai diventate amiche. Mi detesta. Lo so. Lo sento. Cos'è che odia in me, questa insegnante presuntuosa? L'araba? La bambina vestita male? La ragazzina dal corpo sfregiato? Qualunque sia il motivo, il suo disgusto è evidente. Quando le parlo non mi risponde. Quando alzo la mano mi ignora. Quando scrivo mi tiene d'occhio, spia la minima cancellatura, la minima macchia d'inchiostro, e Dio solo sa quante ne faccio. Con vera crudeltà, mi fa leggere a voce alta e rimane a sentire impassibile la mia lettura stentata, mentre il resto della classe muore dal ridere. Poi viene la volta delle moltiplicazioni e divisioni alla lavagna: spalle alla classe, cicatrici bene in vista sulla pelle tirata e lucida. Cerco di applicarmi, di fare le cose per bene, di piacerle insomma; ma lei ignora i miei sforzi e si rivolge a me solo per rimbrottarmi – quando va bene –, altrimenti per schernirmi platealmente. Grazie a lei, se ce n'era bisogno, sono diventata lo zimbello delle mie compagne. La stracciona delle elementari. Una stracciona perseguitata nelle ore di lezione, ma anche durante la ricreazione... Al mio passaggio, sotto il portico, le conversazioni s'interrompono automaticamente; le bocche si piegano in un sorrisetto sprezzante e partono le allusioni sarcastiche, quando non direttamente gli insulti. «Handicappata», «Araba di merda», «Ritardata mentale». Pronunciano le parole con un sibilo, ma se faccio finta di non aver sentito le ripetono subito più forte. Io comunque non rispondo. Sto zitta, cerco di annullarmi, di starmene ritirata il più possibile. Ma neanche questo sistema riesce a farle smettere; anzi, al contrario, di giorno in giorno diventano più aggressive. Una volta, durante una ricreazione, si prendono per mano e mi chiudono in un grande cerchio; poi iniziano a muoversi, sempre più velocemente, urlando: «C'hai le gambe brutte! C'hai le gambe brutte!». M'insultano e ridono, e io resto lì, in mezzo a tutte loro, in piedi, muta, immobile, pietrificata dalla paura e dalla vergogna...

«Malika, è finito il carbone, vai a prenderne un po'.»

Ottobre. Sono appena tornata da scuola e mia madre prende subito il posto della maestra. Ho lavato i piatti e pulito il pavimento, ma non le basta. Mi tocca uscire, con un grosso secchio in mano. Il signor Boudon, il carbonaio, sta a più di un chilometro da casa nostra. Una "passeggiata" di venti minuti buoni, quando sta già per calare il buio. Gli altri bambini sarebbero terrorizzati, io me ne frego: non ho paura dell'uomo nero e nemmeno del lupo cattivo. La violenza, la paura e la vergogna sono dentro casa, quando mia madre mi prende a sberle, quando vengo umiliata dalle mie sorelle, quando qualcuno dei miei fratelli mi sbeffeggia. Fuori, lontano da loro, posso tornare ai miei sogni, o cantare a voce alta, e non canzoni arabe. Cammino con il mio secchio in mano e mi tornano in mente i cori che sentivo in chiesa, non molto tempo fa. Mi metto a cantarli, uno dopo l'altro. L'*Ave Maria*. Poi un *Credo in te, mio Signore*. E *Dio è amore*... Quelle parole mi tranquillizzano, mi conquistano, mi riportano alla mia vita precedente, alla mia altra infanzia. E per incanto dimentico il resto o piuttosto, immagino che quanto sto vivendo sia solo un brutto sogno e che presto mi risveglierò in un letto comodo, tra bianche lenzuola, in una delle mie vecchie case di convalescenza. La notte sta arrivando, il buio aumenta; intorno a me, i marciapiedi sono deserti. Ma io sto bene, perché per qualche minuto non sono più Malika la stracciona, ma l'altra bambina, quella educata come si deve dalle suore, quella alla quale promettevano un futuro radioso. E mi sembra ancora di sentirle, suor Jeanne, suor Paule, suor Mathilde, che mi sussurrano all'orecchio: «Brava Malika, sei coraggiosa e intelligente. Vedrai, ce la farai». Continuo a cantare, sempre più forte a mano a mano che la notte si fa più buia, e quando infine arrivo davanti alla porta del venditore di carbone mi sento felice, al punto che gli rivolgo un grande, immenso sorriso...

Novembre. Durante il ponte di Ognissanti, io e Bibi veniamo di nuovo mandati a guadagnare qualcosa con i francobolli. Un compito al quale ormai siamo avvezzi, e che ci consente di tornare allo zoo, ricorrendo ovviamente al nostro piccolo aumento segreto, anche se quando rientriamo, un po' più tardi del solito, Hayat aggrotta le sopracciglia.

«Cosa state combinando voi due?» ci chiede sospettosa. «Se non me lo dite vado a dirlo alla mamma...»

Ma la sua è una minaccia vana. Io e mio fratello sappiamo bene che la mamma se ne sbatte dei nostri orari. Qualche giorno fa ha trovato un nuovo lavoro come donna di servizio, stavolta all'ambasciata algerina. Tutta concentrata su quello – e soprattutto sull'uomo che ha incontrato proprio all'ambasciata, un autista che si chiama Fouad – ci lascia definitivamente al nostro destino. È Hayat che gestisce le cose di casa quando lei non c'è, mentre Dodi e Amar, i figli maschi più grandi, cercano di trovare di che nutrirci. E per farlo – bisogna pur dirlo – hanno metodi assai diversi. Dodi, soprannominato "il buono", lavora ai mercati generali, dove rimedia uova, latte, frutta e verdura. Amar invece traffica il rame insieme agli zingari del campo vicino a casa.

«Uno di questi giorni finirai in galera» gli profetizza Hayat.

Ha ragione. Ma Amar se ne infischia, come del resto Djamila, che spesso torna a casa con prodotti di bellezza rubati nel supermercato all'angolo...

«Se Dodi dovesse trovarli» mi dice, «tu giuragli che sono tuoi.»

Io non dico mai bugie, né potrebbe mai venirmi l'idea di rubare un centesimo. Ma per compiacere mia sorella, accetto la cosa. Da un po' di tempo siamo più vicine, io e Djamila. A volte ci mettiamo a parlare di quel che sarà di noi, del nostro rispettivo futuro. Lei si vede già una diva, il suo mito è Sheila, il mio Sylvie Vartan. Ci mettiamo i vestiti di nostra madre e facciamo finta di essere sul palcoscenico di un teatro, o piuttosto di un musical. Lei canta *L'école est finie*, io *Comme un garçon*. Ma non riesco mai ad arrivare alla fine perché lei muore dal ridere.

«Malika, basta!» mi dice. «Sei troppo stonata!»

A scuola, di nuovo. Ritrovo Madame Tirel e le altre ragazze della mia classe. Durante i giorni di vacanza ho cercato di portarmi avanti, di recuperare il ritardo. Tutte le sere, una volta finiti i lavori di casa – lavare i piatti e stirare – mi sono messa a leggere e a fare operazioni di matematica. Dodi mi ha pure un po' aiutato e ormai so fare bene le addizioni, le sottrazioni e le moltiplicazioni. Con le divisioni non ci siamo ancora, ma Dodi mi ha sorriso e mi ha detto: «Non ti scoraggiare, vedrai che ti verranno». La maestra però – sempre molto sgradevole nei miei confronti – ha l'aria di non pensarla allo stesso modo. Il primo giorno dopo le vacanze mi ha relegata in fondo alla classe, di fianco al calorifero, il posto dei somari. Da lì, non vedo e non sento più niente. Ma lei se ne frega anzi, ci gode, e non lo nasconde nemmeno. È un continuo farmi delle osservazioni. Non sono abbastanza composta: «Malika, leva il gomito dal banco, la tua testa può star su da sola». Non sono abbastanza attenta: «Malika, stai dormendo o cosa?». Ho dimenticato un libro: «C'è da chiedersi cosa ci vieni a fare a scuola, Malika». La mia scrittura non è abbastanza chiara e leggibile: «Malika, sei stupida forse? Non è così che si tiene la penna stilografica!». E quando alla fine, non potendone più, le dico di averne abbastanza delle sue critiche, lei mi lancia uno sguardo cattivo dalla cattedra e mi urla: «Io ti critico? Malika, sei certa di conoscere il significato del verbo "criticare"?».

Ebbene, durante la successiva ricreazione, per la prima volta, mi ribello. È una tipica giornata di novembre, pioggia e vento insieme. Madame Tirel ha un bell'impermeabile beige, nuovissimo; se lo mette sulle spalle per uscire. Quando mi passa accanto, lo afferro per una manica e tiro, così che l'impermeabile finisce a terra, nel bel mezzo di una pozzanghera fangosa. Così adesso è un impermeabile da buttare, o quantomeno da pulire a fondo. E io, per la prima volta da quando ho messo piede nel cortile di questa scuola, mi faccio una risata. Mi metto a ridere, sì, e rido proprio perché Madame Tirel si mette a piangere. È un momento in cui tutto il mio disagio, tutta la mia vergogna e il mio risentimento non ci sono più. La maestra, furiosa, mi afferra per le spalle e mi dà una bella scrollata, urlando che verrò punita molto severamente. Punita? Sì, lo sarò senz'altro, ma non importa: mi sono vendicata. Ed è una vendetta che mi godo anche nelle settimane e nei mesi successivi, ogni volta che Madame Tirel si rimette il suo impermeabile, sul quale, malgrado la pulizia, compare un alone scuro proprio nel punto in cui si è sporcato di fango.

Dicembre. Mia madre si è "dimenticata" di portare a casa lo stipendio. Dimenticata? Di fatto, lo ha dilapidato in vestiti e ammennicoli vari. Al mattino esce di casa vestita come una diva. Pantaloni neri e camicia lunga in tono con il cappotto, vestito rosso con i tacchi alti, maglia di lana e gonna al ginocchio. Com'è bella mia madre con i suoi vestiti nuovi e gli occhi bistrati. I miei fratelli mormorano tra di loro che è innamorata, e che presto ci porterà a casa un patrigno. Ma intanto, nell'attesa, abbiamo fame... Sono diversi giorni ormai che ci nutriamo con pane e margarina e caffelatte. Persino io, che non ho mai molto appetito, ho lo stomaco che piange miseria. Soprattutto a mezzogiorno, quando torno a piedi dalla scuola insieme a mio fratello Mohamed. Senza soldi, alla mensa non ci possiamo andare, e facciamo la strada sapendo bene che a casa troveremo la dispensa vuota.

«Ci toccherà stringere ancora la cintura» brontola Mohamed. «Non è giusto...»

Poi, in un sussurro, aggiunge: «Malika, devi aiutarmi. Vedi quel furgone laggiù, quello con il telone?».

Certo che lo vedo, è posteggiato lungo il marciapiede. E lo conosco, è del principale di Dodi, un imprenditore edile che di tanto in tanto lo fa lavorare nei suoi cantieri.

«Dentro» continua Mohamed, «ci dev'essere qualcosa da mangiare. Andiamo a vedere.»

Rubare del cibo? Non sono sicura di essere d'accordo. È una cosa che va contro i miei principi. Rubare non è una cosa giusta. Anzi, è un peccato grave. Se le suore che mi hanno educata sapessero che faccio una cosa simile ne resterebbero sconvolte. Ma è anche vero che il mio stomaco sta continuando a gorgogliare...

«Allora?» insiste, «sei d'accordo sì o no?»

Tentenno ancora qualche istante, poi faccio sì con la testa. Del resto, se Gesù vuole che rispetti davvero le sue leggi, allora non ha che da esaudire le mie innumerevoli preghiere e farci avere di che mangiare in modo diverso.

«Andiamo» dice. «Io faccio il palo. Se arriva qualcuno ti faccio un fischio.»

Mio fratello esagera, sembra che mi stia mandando in guerra. Però se mi beccano lui se la svigna di sicuro, e io a quel punto cosa faccio?

«Allora?» m'incalza, «c'hai paura?»

No. Non ho paura. Anzi, gli farò vedere quello che sa fare Malika, la stracciona, l'estranea. Ho una paura tremenda, ma vado avanti comunque, fino al furgone. Un'occhiata a destra, un'altra a sinistra, alzo il telone dalla parte posteriore e m'infilo dentro. Ci sono dei contenitori di metallo, senza dubbio le gavette con il cibo degli operai. Ne prendo una e me la svigno rapidamente...

Quel giorno, io e Mohamed avremmo mangiato a sazietà. Ma una volta rientrati a casa, Dodi "l'assennato" si accorge al volo della gavetta che stringo al petto e la prende subito male.

«Dove l'hai trovata quella?»

E quando gli spiego come sono andate le cose, aggiungendo che dopotutto è normale prendere del cibo, non importa dove quando uno ha lo stomaco rosicchiato dai topi, lui va su tutte le furie.

«Vai subito a riportarla dove l'hai presa! I Bellaribi non sono dei ladri!»

A quelle parole, divento immediatamente rossa di

vergogna. Dodi ha ragione. Mi sono lasciata trascinare sulla cattiva strada. Non mi resta che riparare al mio errore, e pazienza se dovrò restare ancora senza mangiare. Ciò che conta è riportare questa maledetta gavetta al suo proprietario...

«Malika Bellaribi, la preside chiede di lei.»

Le tre del pomeriggio, quello stesso giorno. Una bidella entra in classe interrompendo la lezione. È venuta a prendermi. Il cuore inizia a battermi a tutta velocità. Cosa può volere da me la preside? Avrà una brutta notizia da darmi? Mia madre che ha avuto un incidente? Oppure uno dei miei fratelli? Mi alzo già in preda al panico e mi precipito fuori lasciando tutte le mie cose lì sul banco. La bidella mi accompagna lungo il corridoio deserto, senza dire una parola, senza rispondere a nessuna delle mie domande...

«Entri, *mademoiselle* Bellaribi.»

Ci siamo, eccomi sulla porta dell'ufficio della preside, un ufficio dentro il quale nessuno studente entra mai senza provare un senso d'angoscia. Lei è seduta dietro la scrivania, una donna massiccia dalla faccia tonda e il colorito un po' lunare. Di fronte a lei, al di qua della scrivania, siede una donna sconosciuta, sulla quarantina. Chi sarà? Un'assistente sociale che è venuta a prendermi perché mia madre è morta? Sì, dev'essere proprio così. Mia madre ha avuto un grave incidente, grave come il mio, solo che lei non ce l'ha fatta...

«Si avvicini, *mademoiselle* Bellaribi.»

La preside mi fa segno di entrare. Dal tono poco simpatico, dal piglio nervoso delle sue labbra sottili, capisco subito che non si tratta di una brutta notizia. È semplicemente arrabbiata nei miei confronti, anche se non ho idea di cosa possa aver fatto.

«Che cosa ha fatto?» mi chiede come se mi avesse letto nel pensiero. «Lo domandi a questa signora!»

Con la mano indica la sconosciuta, che intanto si volta verso di me.

«Lurida ladruncola!» esclama. «Hai rubato il cibo degli operai dal furgone di mio marito!»

Adesso capisco. Questa donna – che mi sta puntando addosso un dito accusatore con uno sguardo di fuoco – è la moglie del principale di Dodi, l'uomo al quale io e Mohamed abbiamo reso il maltolto. Lui ha accettato le nostre scuse, ma evidentemente così non è per sua moglie.

«Questa ragazzina è una delinquente!» continua sempre più sprezzante. «Ha riportato indietro la gamella solo perché l'ha obbligata il fratello maggiore! Bisogna darle una lezione!»

Aprile. L'anno scolastico è ormai a buon punto. E per quel che mi riguarda, è un disastro. Dovrò ripetere la quinta e ritrovarmi, a tredici anni, ancora insieme a bambine di dieci. Ma mi sono rassegnata, ci sono cose più importanti a cui pensare, per esempio il fatto che mia madre stia portando regolarmente a casa un uomo. Così, mio padre è definitivamente dimenticato, definitivamente rimpiazzato. È Fouad, adesso, a dormire nel suo letto e a carezzare sua moglie. È Fouad a dare ordini ai suoi figli. Le femmine devono lavare, strofinare, lustrare la casa fino all'ultimo granello di polvere; i ragazzi devono obbedire, piegare la schiena, sottomettersi alle sue volontà. Dodi non ci sta, preferisce andarsene. Mohamed passa la maggior parte del tempo fuori. Amar è scomparso. Le mie sorelle maggiori mormorano che probabilmente è in prigione, ma quando cerco di saperne di più loro mi voltano le spalle senza rispondere alle mie domande. Quanto a Bibi, ha deciso di fare guerra all'intruso. Gli nasconde le scarpe, mette del ghiaccio nelle sue pietanze calde, e se quello fa per alzargli le mani lui riesce quasi sempre a schizzar via come una lepre. Io invece, non ho alcuna possibilità. Ho ancora qualche difficoltà a correre, e dunque a scappare. Per un nonnulla mi strattona, mi offende, mi schernisce. E invece di difendermi, mia madre lo sta a guardare con un sorrisetto complice. Come fa a compiacersi delle mie afflizioni? Dalle sue espressioni si direbbe che la mia infelicità le procuri una specie di piacere, una soddisfazione morbosa, un po' come se la cosa potesse compensare tutti quegli anni durante i quali, in qualche modo, le sono sfuggita. Con la violenza e l'umiliazione riprende possesso di me, si riappropria di quella figlia che non ha cresciuto, sperando con ciò di sottomettermi, esattamente come è successo con le mie sorelle. Ma c'è un fatto. Io non sono una che tiene la schiena piegata troppo a lungo. Settimana dopo settimana sento crescermi dentro un senso di rivolta, un impulso renitente che pian piano prende il sopravvento, e che da ragazzina timida e malaticcia mi trasforma in una adolescente ribelle, una selvaggia con una sola idea in testa: lasciare il più in fretta possibile questa famiglia che ormai, in maniera definitiva, non riconosco più come la mia.

Settembre. L'autunno ha iniziato a ingiallire le foglie. Quelle del nostro ciliegio stanno già cadendo. Amar è tornato. Il mio patrigno è scomparso senza spiegazioni.

Dal canto suo, mia madre sembra preoccupata. Passa lunghe ore a discutere con le mie sorelle maggiori, a porte chiuse. A volte s'arrabbia e alza la voce, così riesco a cogliere qualche brandello di conversazione. Si tratta del vicino, un ometto sempre tirato a lucido che fa un mestiere terribile: è il boia della prigione della Santé.

«Ci detesta perché siamo algerini» dice mia madre.

Prendo atto della cosa, pur con un piccolo dubbio: i Bellaribi non sono semplicemente algerini, sono anche una famiglia parecchio strana, i cui membri urlano, strillano, piangono, bisticciano, s'abbracciano, si baciano, il tutto in una sorta di caos primordiale permanente. E la casa è a pezzi: la facciata è piena di crepe, dal tetto filtra l'acqua, il cortile è di fatto un ripostiglio e in più c'è continuamente odore di cucina, una cucina tipica del Magreb con i suoi miasmi pesanti, sgradevoli, *merguez*[1] alla griglia e *tagine* al pomodoro. È abbastanza facile capire che tutto questo dia effettivamente fastidio al boia, un uomo pulito e preciso fino alla maniacalità, che abita in un villino impeccabile cinto da un giardino curato foglia per foglia. Del resto, chi potrebbe sopportare, anche da lontano, il nostro modo di vivere? E così, questo maniaco d'un boia, questo tagliatore di teste all'alba nel cortile del carcere della Santé...

«Sono sicura che con le sue conoscenze riuscirà a farci mandare via» continua mia madre dall'altra parte della porta, «e a quel punto, ragazze mie, dove ce ne andremo?»

[1] Salsiccia piccante tipica dell'Africa mediterranea (N.d.T.).

Le parole si rompono in un singhiozzo. Fatima sta piangendo – o piuttosto fa finta – emette dei gemiti isterici. A quel punto, a me viene una risata nervosa, incontrollabile. Sono appena tornata a casa, e ho trovato la pagella inviata dalla scuola. Quest'anno va meglio e mi sono anche fatta un'amica in classe. Si chiama Odile, abita vicino a noi. Nel suo giardino ci sono dei nanetti, e la sua libreria è piena di libri di favole. Passiamo ore e ore a chiacchierare, sedute una contro l'altra sul suo letto. Persino sua madre mi accoglie con simpatia... E adesso viene fuori che forse bisogna trasferirsi di nuovo? Non posso crederci. Non voglio crederci! Mia madre esagera di sicuro, come sempre. Mi tappo le orecchie e mi precipito fuori di corsa, quasi travolgendo Djamila che sta rientrando con i suoi acquisti. M'insulta, mi dà della pazza, della selvaggia, e non manca di esortarmi a tornare dalle mie amiche suore, senza sapere quanto mi piacerebbe poterlo fare davvero. Purtroppo, la cosa è fuori discussione, mia madre è stata chiara: «Le strutture pubbliche puoi dimenticartele. Ormai sei guarita».

Guarita? Non è la parola giusta. Certo, adesso cammino, ma devo sempre tornare in ospedale per le visite di controllo. E devo sottopormi a dolorose manipolazioni di fisioterapia, senza contare le periodiche irradiazioni. Le ricordo, se mai ce ne fosse bisogno, che non sono una ragazza come le altre, ma una scampata, una superstite, il cui corpo ancora porta le tracce di un incidente ormai vecchio di oltre dieci anni...

Dei colpi alla porta. Mi sveglio di soprassalto. Chi può essere a quest'ora? Fuori è buio, e anche mia madre, che di regola esce all'alba, sta ancora dormendo profondamente. I colpi si ripetono, stavolta uniti a una voce maschile.

«Aprite! In nome della legge, aprite la porta!»

In meno di un minuto, mia madre obbedisce, in vestaglia, spettinata, gli occhi gonfi di sonno. E noi, il suo drappello di figli – Dodi, Amar, Mohamed, Hayat, Djamila, Nora, Bibi e io – siamo tutti pigiati uno contro l'altro dietro di lei, a bisbigliare e a darci di gomito, curiosi e preoccupati allo stesso tempo. Sulla porta compaiono due uomini; uno mostra il distintivo e si presenta come commissario di polizia. Poi tocca al secondo: è un ufficiale giudiziario.

«Signora Bellaribi, siamo qui per l'espulsione. La prego di vestirsi...»

Il seguito è tragicamente grottesco, simile a una pièce teatrale piena di urla e di lacrime, un melodramma grandguignolesco, che però, purtroppo, non può chiudersi con il semplice calo del sipario. Quello che dobbiamo fare è mettere il più rapidamente possibile i nostri pochi averi dentro borse, valige e scatole di cartone trovate in fretta e furia. Piazzata davanti alla casa, mia madre continua a piangere senza ritegno con il pugno alzato e carico d'odio verso il nostro vicino, o meglio, verso la sua bella casetta così ben tenuta. I miei fratelli più grandi vanno e vengono ammassando le nostre cose su un camioncino recuperato all'ultimo dal principale di Dodi; le ragazze intanto finiscono di svuotare la casa. Io resto immobile, in piedi, a guardare la scena, che dal mio punto di vista rappresenta proprio ciò che è stata fino a ora la mia vita. Una serie di partenze, all'alba, verso destinazioni sconosciute..

8

«Forza, sciancata. Muoviti!»

Sono passati due anni. Due lunghi anni che per quanto mi riguarda non hanno cambiato niente. Sono sempre con la mia famiglia e sono ancora "l'estranea", quando va bene, altrimenti sono "*Haouja*", la sciancata. I miei fratelli mi danno dei soprannomi sempre un po' beffardi. E mia madre li pronuncia con disprezzo o collera, a seconda dei casi, e ogni volta riesce a ferirmi più profondamente. Se una volta mi ha amata, se una volta si preoccupava per me, se n'è completamente dimenticata. Oggi, con i miei quindici anni appena compiuti, per lei non sono che una serva, peraltro quella da trattare con maggiore durezza. E io, "la scema", quella che ha ottenuto la licenza media a fatica, devo sottomettermi a lei totalmente, devo guadagnarmi il pane quotidiano con il sudore della fronte. Al mattino mi alzo all'alba per andare al panificio, distante un chilometro buono dal posto in cui ci siamo trasferiti, a Colombes. Poi, prima di andare a scuola, devo lavare il pavimento, rifare i letti e mettere a posto le stoviglie della sera prima. Nel pomeriggio, tornata da scuola, faccio da mangiare per tutti, il che vuol dire preparare delle pesantissime *tagine*, e lo faccio con grande repulsione, sognando omelette e verdure cotte al vapore... Lavo a mano la biancheria, la stendo, e quando è asciutta la stiro con cura, soprattutto le camicie dei miei fratelli, altrimenti sono sberle. Inoltre vado all'ambasciata algerina, dove mia madre mi fa fare una parte del suo lavoro di donna di servizio. Di ritorno a casa devo ancora studiare e fare i compiti, il tutto sotto i suoi sberleffi.

«Non stare a perderci troppo tempo» mi dice regolarmente. «Non ce la farai mai.»

Le sue parole mi feriscono, è ovvio; ma meno di quanto lei immagini. Da tempo ormai ho imparato a proteggermi. Vivo continuamente in una sorta di sdoppiamento. Sembra che sia qui, a casa, impegnata nelle faccende varie, ma in realtà il mio spirito sogna, vagabonda, se ne va in giro per altri luoghi. Passeggio lungo una spiaggia a fianco di mio padre. Faccio una corsa in montagna, sulla neve immacolata. Entro a far parte del coro di una chiesa, mi lascio inebriare dall'odore d'incenso. E soprattutto canto, dentro di me se c'è qualcuno, ma a voce alta quando sono da sola. Il repertorio non varia granché, sono sempre i canti imparati dalle religiose, ai quali aggiungo ogni tanto un *Padre Nostro* e un'*Ave Maria*, canticchiato a cappella. Per me cantare è un bel viaggio, un'evasione che mi dà gioia e senso di quiete, che mi guarisce l'anima e il cuore. Quando la mia voce si alza dimentico le botte, le umiliazioni, le cattiverie di quelli che mi stanno intorno. Mi immergo nella musica come dentro un'acqua purissima, mi perdo in lei come dentro un bosco al riparo da una canicola intensa. Nessuno sa che canto. Come nessuno sa che a volte entro nella chiesa del quartiere, e che ci entro per inginocchiarmi e pregare.

Così arrivo ai sedici anni definitivamente sdoppiata: in apparenza docile e sottomessa, ma dentro ribelle e anelante a una cosa soltanto: scappar via da questa famiglia che non potrà mai darmi altro che infelicità, stavolta ne sono certa.

Andar via. Devo andar via. È un pensiero che ho sempre più spesso in testa, e sempre più forte da quando mia madre ha messo al mondo un altro bambino, Djamiel. L'ultima gravidanza, tardiva, l'ha trasformata: sembra non esista altro che questo bambino. Djamiel, figlio di Fouad, è diventato il sale della sua vita, la sua sola preoccupazione. Lo cura, lo coccola, si occupa di lui senza sosta: in sostanza, gli offre tutto l'amore e le attenzioni che io non ho ricevuto. Non mi sento gelosa, ma vedere mia madre tenerlo in braccio così teneramente mi rende in automatico la misura di quanto invece sia stata fredda e dura nei miei confronti. Ed è quindi normale che quel pensiero mi attraversi la mente: andar via. Devo andarmene. Ma dove? Come? Con quali soldi? Non ne ho idea. So solo che devo farlo, che devo trovare il modo di vivere la mia vita, la mia vita futura. La immagino in un convento, un monastero, una chiesa: mi vedo in abiti da religiosa, una suora impegnata nella cura dei bambini malati. Ma per una cosa del genere occorrerebbe che io, di fatto ancora musulmana, diventassi ufficialmente cattolica. Come fare? A chi potrei rivolgermi? E soprattutto, come affrontare poi i miei fratelli che di fronte a un simile tradimento potrebbero anche uccidermi? Esclusa la possibilità di prendere i voti, potrei allora studiare da infermiera. Ma anche qui, la cosa pare impossibile.

«Tu sei algerina» mi ha risposto un professore al quale ho confidato il mio desiderio. «Per diventare infermiera bisogna avere la nazionalità francese.»

Algerina? Sì, è vero, è quanto dicono i miei documenti. Sulla mia carta d'identità ci sono anche dei caratteri stranieri, una scrittura che non sono in grado di decifrare. Ma cosa c'entra la nazionalità se sono nata in Francia e ci sono anche cresciuta? A scuola ho studiato la storia di questo paese, del mio paese. Ho imparato i versi di Victor Hugo e La Fontaine; ho letto i racconti di Perrault; ho cantato con orgoglio *La Marsigliese*, «*Allons enfants de la patrie*», della mia patria. Come faccio dunque a essere algerina? Per me l'Algeria non è che una terra lontana dove le donne vanno in giro velate, e dove si parla una lingua che non sono mai riuscita a fare mia...

Giovedì, un giovedì d'aprile. Oggi niente scuola. Ma in mancanza di lezioni – ho da poco iniziato un corso di ragioneria – restano le faccende quotidiane. Un quintale di biancheria da lavare, da risciacquare, da strizzare e poi da stendere in cantina, dove il mio patrigno ha sistemato uno stenditoio. Nora mi dà una mano a portare il pesante catino nel quale ho ammucchiato le camicie, i pantaloni e la biancheria intima dell'intera famiglia. È pesante, il catino, pesante quanto questa mia orribile vita domestica. Perché decido improvvisamente, proprio quel giorno, in quel momento, che tutto questo deve finire? Io stessa, probabilmente, non lo saprò mai. Quel che è certo è che in me scatta qualcosa, e di colpo decido che la misura è colma. Arrivate giù in cantina, posato il catino a terra, le dico: «Io me ne vado, Nora».

Mia sorella mi guarda, mi fissa con i suoi begli occhi neri, ma resta muta, immobile. Ha capito cosa ho appena detto? Ha capito che ho intenzione di andarmene, di lasciare la famiglia, di scappare via insomma? Sì, lo ha capito per forza, in fondo non è meno infelice di me. Forse viene schernita e umiliata di meno, ma pure lei riceve la sua bella dose di botte. E infatti, sta facendo sì con la testa.

«Va bene» mi dice, «vattene via. Dirò alla mamma che sei andata a comprare il burro, così avrai il tempo...»

Il tempo? Il tempo per cosa? Non ne ho idea. Ma me ne frego. Salgo la scala tre gradini per volta, m'infilo il cappotto ed esco. Non ho niente in mano e niente in tasca, ma l'aria è già diventata più dolce, più leggera, e il cielo, lassù, sembra persino più azzurro. Per la prima volta da un bel po' di tempo – di fatto da sempre – mi sento libera. Basta sgobbare come una schiava, basta con le botte. Cammino leggera senza una meta, sotto un dolce sole primaverile, come se stessi facendo una bella passeggiata. Ma per scappare davvero – lo capisco d'istinto – dovrei camminare più svelta, essere più veloce, mettere una distanza reale tra me e la casa. Per farlo, non ho che un modo: fermarmi sul ciglio della strada e alzare il pollice. Io, la timida Malika, che faccio l'autostop! E la cosa anche più straordinaria è che una macchina si ferma immediatamente.

«Dove è diretta?» mi chiede il conducente.

«Vado a Saint-Germain-en-Laye...»

Il nome della cittadina mi è venuto così, senza pensarci. Perché Saint-Germain e non Versailles, o Trappes? Chi lo sa. Comunque, il conducente mi fa cenno di salire.

«La posso lasciare poco lontano» mi dice.

Mi siedo sul sedile di fianco e partiamo. Se non so ancora dove sto andando, adesso almeno so che la mia strada passa per Saint-Germain, la città in cui è nato Luigi XIV – l'ho studiato a scuola – diventato re giovanissimo, appena adolescente...

«Ecco, ti lascio qui. Per Saint-Germain devi andare in quella direzione. Non è lontano.»

Le sei del pomeriggio. Comincia a far buio. L'automobilista che mi ha dato un passaggio mi lascia poco prima di un bivio, praticamente in mezzo a un bosco. A destra, Saint-Germain. Continuando dritto si arriva invece a Poissy, dove è diretto lui, e non è disposto a fare una deviazione per me. Così scendo dalla macchina e mi ritrovo da sola, sul ciglio di una strada poco illuminata. Pazienza, basta camminare...

Una macchina rallenta proprio dietro di me. D'impulso, mi stringo nelle spalle. Non ho alzato il pollice per fare l'autostop, dunque perché mai si sta fermando una macchina? Di colpo mi tornano in mente tutte quelle brutte storie che le donne del quartiere si passavano di bocca in bocca. Parlavano di bambini rapiti, di ragazzine violentate, di ragazzi uccisi, e quasi sempre per imprudenza da parte loro. Proprio come me adesso? Andiamo, niente panico. Quest'uomo che si è appena fermato di fianco a me è sicuramente un bravo padre di famiglia preoccupato perché una ragazza da sola, nel bosco, a quest'ora... Ahimè, non è così! La voce, il tono, il volto stesso, non lasciano dubbi.

«Sali?» dice.

«No» rispondo con il tono più sicuro che riesco a trovare.

Mi allontano immediatamente e inizio a camminare il più in fretta possibile, con un nodo in gola, quello solito, familiare, della paura. E quando sento spegnersi il motore, e un attimo dopo il rumore della portiera che si chiude – quando capisco che lo sconosciuto è sceso dalla macchina – il nodo in gola s'ingrossa fino quasi a strozzarmi. Sta venendo verso di me, lo sento, sento i suoi passi, il suo respiro, e non basta che adesso io mi sia messa a correre, mi raggiungerà senz'altro, non ho alcuna possibilità di scampo, e allora di colpo mi metto a urlare, a gridare aiuto con tutta la voce di cui sono capace, ed è una voce così alta e forte che riempie il bosco intero, deserto...

«Cosa succede, ragazza?»

Miracolo. Si è fermata una seconda macchina. Dentro ci sono un uomo e una donna. Lo sconosciuto, dietro di me, sta già tornando sui suoi passi. Non voglio rischiare che ci ripensi, mi precipito verso i miei salvatori e salgo sul sedile posteriore, ancora in preda al panico: «Andiamo via subito! Quel tizio mi stava seguendo! Ho paura...».

Una stanza piena di fumo e di poliziotti in divisa. Mi stanno intorno, mi confortano. Uno di loro mi tende un bicchiere d'acqua. Un altro mi cinge le spalle con una mano paterna. Sto piangendo a dirotto, quasi strozzandomi tanto sono irrefrenabili i singhiozzi. Ecco dove sono finita, ecco dove è andata a fermarsi la mia fuga così temerariamente iniziata: in un commissariato. E adesso, tra qualche minuto, dopo che mi avranno chiesto il nome e l'indirizzo, i poliziotti chiameranno mia madre... All'idea di quello che mi attende quando verrà a prendermi ho quasi più paura di poco fa, nel bosco. E improvvisamente, mi attraversa una nuova ondata di ribellione. No! Non tornerò a Colombes. Non ritroverò né mia madre, né il mio patrigno, né il mio ruolo di Cosette[1]. Per la prima volta nella mia vita decido di raccontare tutto quello che sono costretta a subire in casa. Sarebbe veramente incredibile, penso, se poi non venissi sottratta alla mia famiglia e mandata in un istituto. Una mia compagna di scuola diceva che gli istituti «non sono certo il paradiso». Può essere. Ma sarà sempre meglio che a casa di Fatima e Fouad. In un istituto forse potrei anche studiare. E cantare, chissà. E andare in chiesa...

«Allora» mi dice un poliziotto, «raccontaci cosa ci facevi tutta sola nel bosco a quest'ora.»

Ecco, è il momento di parlare, di denunciare come stanno le cose. Se non lo faccio adesso, potrei non averne mai più l'occasione. Mia madre verrà a prendermi, mi riporterà a casa, mi riempirà di botte e non mi farà nemmeno più uscire. Incaricherà i miei fratelli di tenermi d'occhio, e so bene cosa significhi una cosa del genere. Una volta Hayat mi ha raccontato che una sua amica, che voleva sposare un francese, è stata segregata per mesi. Come a quella ragazza, anche a me ver-

[1] Personaggio de *I Miserabili*, di Victor Hugo, qui usato come emblema di asservimento (N.d.T.)

rebbe vietato di uscire da sola, persino per andare a scuola. A quante cose dovrei dire addio? Una passeggiata per le vie del quartiere, magari canticchiando, e le visite in chiesa, le chiacchiere con le compagne... Devo parlare, devo raccontare tutto.

«Sono scappata da casa perché mia madre non fa che picchiarmi...»

Smetto di piangere e inizio a parlare, a liberarmi di tutti i miei segreti; poi, seguendo il consiglio dei poliziotti, firmo una vera e propria denuncia. Alla fine, liberata, alleggerita, mi stendo sulla panca di una cella, mi rannicchio sotto la coperta che mi hanno dato i poliziotti e mi lascio andare a un sonno profondo. Chiudendo gli occhi, mi sento felice: domani – questo è sicuro – sarà tutto diverso.

«Malika?»

Stupore. Apro gli occhi e vedo mia madre: è già qui, vicino a me. Che ore sono? Le sette? Le otto? Comunque lei è qui, in commissariato, in questo posto che adesso puzza di sigarette fumate e di sudore. Si china un po' su di me, mi prende tra le braccia, mi tiene stretta.

«Malika» sussurra con tono incredulo, ferito, «i poliziotti mi hanno detto che hai fatto una denuncia contro di me.»

Oh, madre mia, come ti riconosco! Urli, offendi, alzi le mani, e poi di colpo, in base alla necessità, diventi umile e amorevole, una madre vera, mi accarezzi le guance, mi dai un bacio. Un bacio che malgrado tutto mi sconvolge, perché stare tra le tue braccia è bello, ed è bello respirare il tuo odore, un misto di sandalo e menta... Da quanto tempo aspetto un momento come questo? Mi dispiace di averti denunciata, sono pentita, non sopporterei di vederti interrogata, incolpata, giudicata a causa mia... Mi sussurri all'orecchio che devo ritirare la denuncia e io faccio subito sì con la testa, certo che lo faccio, e poi, quando i poliziotti, ancora sospettosi, ti dicono che puoi andare, che puoi lasciare il commissariato, io ti seguo docilmente...

Andare via. Devo andare via. Non sono passati neanche due mesi e già mia madre ha ripreso le vecchie abitudini. Dopo la mia fuga, per un po' è stata buona e tenera. Mi ha alleggerito le cose da fare e ha evitato di umiliarmi. Ma la cosa non è durata. Di fatto, siamo allo stesso punto di prima. È tornata ostile, cattiva, crudele, e io sono di nuovo la stracciona, l'estranea, la sciancata, la ribelle. Così me ne vado via un'altra volta. E questa volta, lo giuro a me stessa, è per sempre.

Mi piazzo sulla tangenziale e tiro su il pollice. Davanti a me c'è un ragazzo; mostra alle auto un cartello scritto a caratteri cubitali: VERSO SUD. Il che, andrebbe bene pure a me. Il ragazzo mi rivolge uno sguardo e mi fa un sorriso. Ha la barba e i capelli biondi, una specie di Gesù Cristo. Si avvicina; io non indietreggio e nemmeno mi irrigidisco, anzi, accetto persino d'iniziare una conversazione.

«Ciao» mi dice, «mi chiamo Jean-Michel. Vuoi che facciamo squadra?»

Squadra? Oh sì, certo, perché no? E va bene anche salire con lui a bordo di quel grosso camion che si è fermato.

«Allora, ragazzi, fate una passeggiata?»

La strada scorre lungo un paesaggio di campi e frutteti, e di tanto in tanto un paesino con la sua bella chiesa al centro. Seduta davanti, praticamente appiccicata a Jean-Michel, guardo meravigliata ogni cosa, in ogni direzione. Scopro la campagna, quella vera, quella delle mucche grasse e dei cavalli da tiro. Siamo già lontani, in una regione ricca di castelli maestosi e prospere fattorie. La Loira scorre lenta, pacifica, un fiume da leggenda, nel quale vorrei persino tuffarmi. D'un tratto, scorgo un cartello che indica l'inizio di Amboise.

«Scendiamo qui?» propone Michel.

Sì, fermiamoci qui. La città è bella, e il castello, intravisto all'uscita di una curva, assolutamente magnifico. In più il tempo è mite, l'aria profuma di fiori. È un posto delizioso, un po' meno il camping nel quale ci sistemiamo al calar del buio.

«Non ti preoccupare» mi dice Jean-Michel come se avesse un sesto senso, «prendiamo una sola tenda ma stai tranquilla, non ti sfiorerò nemmeno, sempre che tu non voglia, ovviamente.»

La prima impressione non si sta rivelando sbagliata: è davvero un bravo ragazzo. E io, la selvaggia, ho quasi voglia di accoccolarmi tra le sue braccia. Se non lo faccio non è perché sono vergine, ma per tutte quelle brutte cicatrici che mi segnano le gambe. E poi sono brutta – troppo magra, la faccia a punta, i capelli raccolti con un elastico e vestita quasi da stracciona – così diversa da questo affascinante hippy che si sdraia con garbo di fianco a me. Non riuscirei ad avvicinarmi, come del resto non potrei farlo con nessun altro: non sopporterei il contatto di una mano maschile sulle mie gambe, la ritirerebbero subito, raccapricciati, stabilendo così una volta per tutte il mio status di mostro...

Luglio. Sono felice. Ho trovato lavoro in un hotel a quattro stelle di Amboise, il Duc de Choiseul. La direttrice, una bella donna bionda con gli occhi azzurri, mi ha affidato le pulizie e la stiratura. Inoltre mi ha raccomandato a due signore amiche sue, due zitelle che mi affittano una camera. Per tutto il giorno lavo e lucido delle camere fantastiche, dai nomi altisonanti. Passo dalla "Pompadour" alla "Tre Marchesi", dalla "Nobili di Francia" alla "Teste coronate". Alle diciannove, quando finisco, m'infilo nel salone principale, che funziona anche da piano-bar. Il pianista suona in prevalenza del jazz, ma anche musica classica, Chopin in particolare. Io mi metto in un angolino e mi lascio sopraffare dalla musica, felice di naufragare tra le onde di un impetuoso oceano di note. Salgo e scendo insieme a loro, e intanto sogno di poter anch'io un giorno posare le mie dita sulla tastiera, far nascere quei suoni sublimi. Il pianista si allontana; mi avvicino al suo strumento a passi felpati e faccio suonare qualche nota, *do, re, mi, fa*, ma presto vengo interrotta da un tono vagamente canzonatorio: è Jacques Martin, il presentatore, che alloggia nell'hotel per qualche giorno.

«Ah, ecco una cameriera appassionata di musica!»

Sì, amo la musica. E ancor di più amo la mia nuova vita. La sera mi rifugio nella mia camera – otto metri quadrati, un letto, una scrivania, un lavandino, la doccia nel corridoio – e mi godo la solitudine. A casa mia, a Colombes, c'erano sempre dei rumori: il pianto di un bambino piccolo, gli strilli da Sioux di Bibi, le urla di mia madre, il parlottare continuo delle mie sorelle, qui non c'è niente di tutto ciò, solo silenzio, punteggiato a volte dal cinguettare degli uccelli. La mia affittacamere mi ha dato una radiolina, così posso ascoltare della musica. Mi piacciono in particolare le canzoni di Jacques Brel. Con il primo stipendio, mi riprometto, comprerò un giradischi. E leggo, anche, leggo molto. Poi, naturalmente, invito Jean-Michel, sempre dolce e gentile nei miei confronti, sebbene io continui a non voler andare oltre l'amicizia. Un giorno forse lascerò che mi dia un bacio, ma per il momento, nessuno dei due ha fretta...

«Malika, c'è una telefonata per lei.»

Settembre. Sono quasi sei settimane che lavoro al Duc de Choiseul. È la prima telefonata che ricevo. Chi può essere? Jean-Michel? Oppure la sarta alla quale ho lasciato qualche giorno fa una gonna nuova per una piccola modifica? Prendo il ricevitore senza nessun sospetto e resto raggelata: la voce è quella di Hayat.

«Malika, ci manchi, devi tornare a casa» mi dice.

Dunque la mia famiglia mi ha ritrovata. Ma come? Do un'occhiata alla direttrice, questa bella donna sempre gentile. Ha l'aria triste, mortificata; è chiaro che li ha avvertiti lei. Deve aver avuto paura di eventuali problemi circa le norme sull'impiego, visto che sono ancora minorenne. Deve aver pensato di doversi coprire, in qualche modo... Da quanto tempo mia madre è al corrente che mi trovo qui ad Amboise? Probabilmente, a pensarci bene, fin dall'inizio. Pensavo di essere libera, ma era solo una libertà vigilata. E se adesso mi rifiutassi di tornare, Fatima passerebbe dalle buone alle cattive, questo è sicuro. Prima le minacce, poi se necessario anche la forza: manderebbe i miei fratelli a prendermi.

«Malika...»

All'altro capo del filo, mia sorella insiste.

«Non puoi fare la cameriera tutta la vita. Devi terminare gli studi. Non sprecare così la tua intelligenza, non puoi passare il resto dei tuoi giorni a pulire le camere di un albergo.»

Resta in silenzio qualche istante. Poi aggiunge: «Mamma è disposta a pagarti un intero corso di ragioneria alla scuola Pigier. Un paio d'anni e ti metti a posto. Torna a casa, faremo una bella festa...».

Una festa, come no. Quando sono tornata a casa erano tutti lì ad aspettarmi, è vero, ma certo non per festeggiare. Faccio appena in tempo a entrare che mia madre mi afferra per un braccio e mi tira due sberle – di palmo e di rovescio – così violente che mi vengono all'istante le lacrime agli occhi. Poi si scansa per lasciare che i miei fratelli ne prendano il posto. Il primo è Dodi. Poi Mohamed. Uno dopo l'altro, uno più minaccioso dell'altro, mi fanno il terzo grado. Dove ho dormito? Con chi? Sono stata sedotta da qualcuno? E se sì, da chi? E soprattutto: sono ancora vergine?

Dietro di loro, Hayat e Djamila assistono alla scena senza protestare. Nessuna delle due mi dà un aiuto qualsiasi. Al contrario, ho l'impressione che dalle loro facce chiuse traspaia una specie di piacere cattivo. Da quanto tempo sta andando avanti questo assurdo interrogatorio? Dieci minuti? Un quarto d'ora? Un'eternità in ogni caso, durante la quale non faccio che incassare gli insulti, senza reagire. Alla fine, quando la cosa sembra essere terminata, mi volto verso mia madre: «Visto che ci tieni tanto a saperlo: sì, sono ancora vergine. Ma la prossima volta, giuro che non sarà più così».

Novembre. Ho ripreso la vita all'interno della famiglia. Non è cambiato niente, se non il fatto che adesso i miei fratelli mi controllano in maniera serrata. Tuttavia, non abbastanza da impedirmi di fare conoscenza con un certo Fabrice, il cugino di una mia compagna di classe alla scuola Pigier. Non posso dire che mi piaccia particolarmente, ma mi gira intorno, mi regala dei fiori, mi fa capire insomma che gli piacerebbe molto uscire con me; e io non ho che un pensiero: sbarazzarmi finalmente di questa verginità che sta tanto a cuore a mia madre. Così finisce che un giorno salto qualche ora di lezione e vado a casa sua. Quella prima volta resterà nella mia memoria come una cosa sporca, un brutto ricordo. Peccato. Ma quello che conta è essermi liberata del mio imene, il che impedirà a Fatima di maritarmi secondo la sua volontà, forzatamente, come è successo a lei stessa.

9

Non ricordo quando è stato, esattamente, il giorno in cui mia madre mi ha proposto di «fare un giro in Algeria». Ricordo però che la frase, così come l'aveva pronunciata, evocava un che di svago e di vacanza, sapeva di mare, di lunghe passeggiate sulla spiaggia e di visite in città sconosciute. Per me che non avevo mai passato il confine, era una proposta meravigliosa.

«Amar» aveva aggiunto, «ti accoglierà come una regina.»

In effetti ormai sono tre anni che mio fratello è tornato "alle origini", come si dice. Un ritorno che sa di esilio. A furia di trafficare con il rame – e non solo – Amar aveva finito con il farsi notare dalla polizia. Dopo diversi soggiorni nel carcere di Fleury-Mérogis, ha deciso di "prendere il largo" e ha fatto bene, visto che da quando è in Algeria ha smesso con le sue fesserie. Si è sposato, ha una bambina di diciotto mesi e fa il maestro elementare. Insomma, si è rifatto una vita.

«Prima di andare da lui a Mostaganem», ha detto ancora mia madre, «ti fermerai qualche giorno ad Algeri, dove ho degli amici...»

Se di regola nei confronti di mia madre sono molto diffidente, stavolta la proposta è così allettante che non fiuto nessuna trappola. Per una volta che la fortuna mi sorride! Mi viene offerta la possibilità di cambiare vita, sia pure per il solo tempo di una vacanza, ma chissà... Ciao Colombes. Ciao istituto Pigier. Si parte per l'Algeria!

Il caldo. La polvere. La folla. Ecco quello che mi accoglie appena uscita dall'aeroporto di Algeri. Youssef e Meriem, gli amici di mia madre, sono venuti a prendermi. Raggiungiamo a piedi la macchina, ma non è facile tenere il loro passo. Siamo in agosto, e qui è una vera fornace. Cinquanta gradi all'ombra, e di ombra ce n'è ben poca. L'aria è così calda che sembra palpabile: vedo le cose intorno come attraverso una specie di nebbia. I sedili della macchina sono bollenti. Dai finestrini aperti entra dell'aria che sembra sparata da un phon gigantesco. E per me che amo la tranquillità c'è pure di peggio: per strada e lungo i marciapiedi c'è un caos, un trambusto pazzesco, incredibile, un misto di macchine moderne e gente che sembra uscita direttamente dal passato. Tranne poche anticonformiste in pantaloni aderenti, le donne sono velate dalla testa ai piedi. Rimangono fuori giusto la fronte e le mani, decorate con l'henné. A guardarle camminare, con i piedi nudi nelle loro ciabatte, viene da pensare a un esercito di fantasmi, spettri abituati a evitare con attenzione i bar dove gli uomini sorseggiano tè alla menta. Due mondi diversi si sfiorano in continuazione e ovunque: il XX secolo, con gli uomini d'affari in giacca e cravatta, e il Medioevo, con gli asini carichi fino allo stremo tirati dai loro trasandati padroni. Mi guardo intorno grondando sudore e già ho nostalgia della mia dolce Ile-de-France. Qui sembra tutto così rozzo, aspro, difficile. Dei bambini piccoli e sbrindellati tendono la mano per mendicare chi un chewing-gum, chi una penna, chi una moneta. La miseria nella quale sono costretti a vivere ce l'hanno scritta addosso, nei loro visi emaciati, negli occhi cisposi, a volte persino purulenti, nelle labbra mangiate dall'herpes, nelle grosse mosche che ronzano loro attorno in continuazione. Ma quelle del resto pure a noi, non faccio che scacciarle con la mano. Buttati a terra, i mendicanti tendono ai passanti le loro ciotole vuote. Dei banchetti vendono frutta troppo matura, arance, pomodori, limoni, ma anche della carne scura e dall'odore cattivo, si vedono persino degli agnelli scuoiati appesi a dei ganci. E poi d'un tratto rimango di stucco: ovunque, d'improvviso, risuona la voce melodiosa del muezzin che invita la città intera a fermarsi per pregare Allah. Benvenuti ad Algeri la Bianca, città dalle magnifiche strade che dominano un mare azzurro intenso, e dalle viuzze sordide nelle quali si ammassa tutta la miseria del mondo...

«Razza di puttana!»

Che giorno è? Mercoledì, giovedì? Vivendo lontano da casa, in questa città straniera, ho perso la nozione del tempo. Poi, ogni giorno somiglia al precedente: dopo una colazione abbondante insieme agli amici di mia madre esco a visitare la città in ogni suo angolo e di fatto, cammino per ore e ore. Fino adesso mi sono vestita alla algerina: gonne lunghe fino alle caviglie, spalle e braccia coperte, foulard sui capelli. Ma oggi, chissà perché, ne ho avuto abbastanza di andare in giro come una donna velata; mi sono messa dei jeans a zampa d'elefante e una maglietta piuttosto scollata. Del resto, Youssef e Meriem non continuano forse a dirmi che il loro paese – il mio paese? – è in piena evoluzione, in piena rivoluzione?

«Sai, Malika» mi assicurano convinti, «presto anche qui le donne troveranno il loro posto. Lo si creda o no, l'Algeria è femminista.»

Femminista l'Algeria? Non sembra proprio. Se a Parigi o a Nizza il mio abbigliamento non avrebbe nulla di scandaloso, qui non faccio manco cento metri che mi sento urlare: «Dovresti vergognarti! Vatti a vestire!».

L'uomo che mi apostrofa è seduto davanti a un piccolo bar. Un posto nel quale – ho già fatto l'esperienza – non mi è concesso entrare nemmeno se sto morendo di sete. Uno dei tanti costumi che la "rivoluzione algerina" non è ancora riuscita ad abolire..

«Puttana!» urla di nuovo.

La parola mi colpisce in pieno, come uno schiaffo. Chi è questo sconosciuto per insultarmi in questo modo? A casa mia, in Francia, sarei sicuramente andata verso di lui per insultarlo a mia volta: i modi da brava ragazza ormai li ho persi da tempo. Qui invece resto impietrita sul marciapiede, cosciente delle decine di sguardi ostili che mi si posano addosso. Porto velocemente le mani al petto, sotto la gola, a coprire il lembo di pelle nuda. Poi giro sui tacchi e me ne torno a casa.

«Hai avuto una brutta esperienza» concludono Youssef e Meriem quando racconto loro la mia disavventura. «Ma vedrai, da qui a cinque anni, dieci al massimo, le cose saranno molto diverse...»

La stazione di Algeri. Una vasta area brulicante di gente d'ogni tipo. Fa caldo, molto caldo, ancora più caldo dei giorni precedenti. Comincio ad averne più che abbastanza di questo paese. Checché ne dicano Youssef e Meriem, qui sono ancora indietro di trecento anni. Le donne non hanno il diritto di ridere, di correre, di lavorare. Non possono nemmeno farsi vedere. Se a Colombes ero più o meno una reclusa dentro casa, qui è un intero paese che mi tiene prigioniera. Perciò, è con una certa ritrosia che seguo mio fratello Amar, venuto a prendermi nella capitale, come stabilito. È contento di rivedermi, loquace, amabile. Cammina in fretta, mi tira, mi trascina dietro senza badare a quel che abbiamo intorno. Ma io non riesco a essere a mio agio; ho l'impressione che mi guardino tutti. E infatti... Passando vicino a un gruppetto di uomini, tutti con la sigaretta in mano e intenti a chiacchierare tra di loro, uno mi indica con il dito e ridacchiando con gli altri dice: «Guardate la francese!».

A quelle parole, mio fratello reagisce.

«È mia sorella!» gli urla. «E non è francese, è algerina, come noi!»

Francese? Algerina? In realtà mi sto proprio domandando cosa sono. Troppo scura per un paese, non abbastanza per l'altro: una straniera comunque. In questo momento, darei dieci anni di vita per ritrovare il mondo attutito e preciso delle strutture di convalescenza. Era quello il mio paese, le mense con i tavoli accuratamente lucidati, i dormitori con i letti perfettamente allineati, le cappelle dove potevo pregare un Dio pieno d'amore. Un mondo perduto per sempre, quello di una infanzia protetta...

«Dài, Malika, andiamo. O perderemo il treno.»

Sì, Amar, eccomi, ti seguo, senza che tu sappia nulla dei miei pensieri errabondi. Che cosa ci faccio qui, dietro di te, in questa fornace assurda? Perché sto salendo a fatica su questo treno già strapieno? Cosa ci vengo a fare a casa tua visto che – lo so già – non potrò né cantare, né leggere, né studiare, né pregare?

Il treno parte, un treno con tutti i finestrini aperti, che viaggia a neanche cinquanta chilometri all'ora. Vicino a noi ci sono almeno una ventina di contadini venuti in città a vendere i loro prodotti. Emanano un odore forte, un odore da miserabili poco avvezzi all'acqua, di gente che dorme con il proprio bestiame. Una delle donne ha con sé due galline e mi viene da sorridere: non c'è verso, quei volatili continuano a perseguitarmi. Un'altra, completamente velata, mastica tabacco; di lei si vedono soltanto le mani tatuate con l'henné, la fronte scavata dalle rughe e gli occhi bistrati. Le guardo e mi chiedo ancora una volta cosa potrei mai avere in comune con loro. Queste persone non potrebbero essermi più estranee di così, neanche se fossero degli extraterrestri. E mi torna di nuovo nostalgia della Francia, soprattutto ripensando alla meravigliosa Loira, nelle cui acque ho anche fatto il bagno, insieme a Jean-Michel. Dai finestrini aperti entra un vento caldo che avvolge tutto e tutti, mentre intorno il paesaggio si fa sempre più secco, arido, abbandonato, con vaste pietraie sia a destra sia a sinistra, giusto qualche ulivo qua e là. Di tanto in tanto si vede una fattoria, piazzata in mezzo all'immenso. Ancora pietraie, poi un terreno bianchissimo, pianeggiante, prosciugato, nel quale a volte si distingue il verde di una palma, la soavità di un'oasi. Amar tira fuori dalla borsa una bottiglia d'acqua e il nostro pranzo, panini farciti con pomodoro e formaggio di capra, olive nere, biscotti al miele. Ho la gola talmente chiusa che riesco a mangiare a fatica. E più il treno procede, più il paesaggio si fa desertico, più io mi maledico per aver accettato questo viaggio...

Mostaganem. Scendiamo dal treno. Ho appena il tempo di dare un'occhiata alla città – una serie di viuzze in terra battuta, fiancheggiate da entrambe le parti da case basse e cupe – e siamo già sul bus. Destinazione Monplaisir, il borgo in cui abita mio fratello. Finalmente, una mezz'ora più tardi ci siamo. Sono le quattro del pomeriggio; siamo partiti da Algeri all'alba, sono stremata. Amar invece sembra sempre bello pimpante. Mi precede lungo le vie del paese, portando senza sforzo apparente la mia pesante valigia. Duecento metri e si ferma.

«È qui» dice, «oltre il muro.»

Oltre il muro. La frase mi fa sentire un brivido lungo la schiena, tanto che di colpo, malgrado il calore, mi metto a tremare, e d'impulso faccio un passo indietro. Il muro di cui parla mio fratello somiglia stranamente a quello di una prigione. È alto circa due metri, di un brutto color ocra e sormontato da cocci di bottiglia, «per far sì che i ladri non riescano a entrare» mi dirà più tardi Amar. C'è un'unica porta che lo attraversa, un solo battente di legno massiccio con una serratura grossa e rifinita. Amar c'infila una chiave, la gira due volte e spinge la porta.

«Entra» dice.

Entrare? Va bene. Ma siamo sicuri che potrò anche uscirne? In questo momento, francamente, non ne sono affatto certa. Se potessi farlo me la darei a gambe, ma ovviamente non è possibile, anche perché ad Algeri Amar ha preso i miei documenti, biglietto aereo compreso. «Potresti perderli, e sarebbe una gran seccatura» mi ha buttato lì. Dove potrei dunque andare senza passaporto, senza un soldo e senza la valigia dove ci sono tutte le mie cose?

Una bella casa in stile spagnolo, è qui che vivono mio fratello, sua moglie e la loro piccola. Nel salone principale ci sono dei cuscini direttamente sul pavimento piastrellato, dei materassi, anche loro sul pavimento, e delle coperte orientali. Il cortile centrale, dove scorre l'acqua di una fontana, è fresco e piacevole. Da qui si accede a diverse camere, tra cui quella della piccola Fatiha, della quale Amar ci ha mandato qualche foto. È anche lei stesa sul pavimento, e mi guarda con i suoi occhi neri, spalancati, vuoti. Non si muove. Non parla. Non piange nemmeno. Le sue mani dalle dita stranamente ricurve, così come il filo di saliva che le scende dalle labbra dischiuse, stanno a indicare la sua diversità...

«È nata con una malformazione» mi dice Amar, «ha la scatola cranica troppo piccola rispetto al cervello. I medici dicono che vivrà solo qualche anno. Così...»

Così nessuno si occupa di lei. E in effetti, quando mi avvicino, mi arriva alle narici un odore pestilenziale. Fatiha ha fatto i suoi bisogni e non le hanno cambiato il pannolino di tessuto. Non solo. Si è vomitata addosso, sul pigiama, e nessuno ha pensato di levarglielo.

«Sua madre non riesce a prendersi cura di lei» mi dice Amar, al quale ho rivolto uno sguardo tetro. «Devi capirla, per lei è difficile...»

Quello che capisco è che sono passata da un mondo di pazzi a un altro. Mia madre non mi ha mai amata, non si è mai occupata di me, un giorno mi ha persino dimenticata e sono finita alla Pubblica Assistenza. La trovavo mostruosa, ma scopro che c'è ben di peggio. Quello che deve sopportare Fatiha fin dalla nascita è molto più terribile di quello che ho sopportato io.

«E dov'è, sua madre?»

Glielo chiedo con tono tagliente.

Ma questa volta, Amar l'arcigno, l'arrogante, il presuntuoso, non risponde per le rime.

«Sta lavorando. In effetti, se ti abbiamo fatto venire...» dice un po' vergognoso.

Se ti abbiamo fatto venire? Ecco come stanno le cose. Adesso capisco!, e maledico me stessa per essere stata così sciocca. Non sono venuta in Algeria per una vacanza. Figurarsi, mia madre, quella Thénardier[1], non mi avrebbe fatto venire così facilmente. Mi ha spedita qui su richiesta di Amar, perché sia io a occuparmi di questa piccola malata. Non ha trovato niente di meglio che proporgli i miei servizi, gratuiti naturalmente. Ah, così è comodo. Non essendo più vergine non posso più essere maritata, ma posso sempre essere tenuta prigioniera con una bimbetta malata... Per qualche secondo rimango pervasa da una rabbia profonda. No, non mi avranno! Il mio futuro non è qui, accanto a Fatiha. Che mio fratello sia d'accordo o no, riprenderò i miei documenti e il biglietto aereo e me ne tornerò in Francia...

Ma poi la piccola emette un gemito. Un pianto leg-

1 Bieco personaggio de *I Miserabili* di Victor Hugo (N.d.T.).

gero che mi disorienta, mi sconvolge. La verità è che in questa bambina credo di riconoscermi. Sono stata anch'io come lei, incapace di muovermi, di parlare, di gridare, persino di piangere. Cosa sarebbe successo se mi avessero abbandonata? Per un istante ho come l'impressione di sentire sulla mia fronte la mano di Gaby, l'infermiera che a lungo ha preso il posto di mia madre. E inizio a vacillare...

«Dài, piccola, vieni qui...»

Prendo la bambina; è così fragile, così magra che sembra di tenere in mano un gattino. La spoglio con delicatezza e la porto in bagno, dove la pulisco centimetro per centimetro, e infine le sbroglio i capelli con una spazzola rotonda. Poi la riporto nella sua camera e mi metto a rovistare nell'armadio in cerca di qualche vestitino adeguato, ma sui ripiani trovo solo degli stracci. Non importa, domani andrò al mercato a comprarle qualcosa. Per il momento, Fatiha è pulita e il suo sguardo è cambiato: poco prima era vuoto, assente, mentre adesso mi guarda con i suoi grandi occhi neri. E ho anche l'impressione che le sue labbra stiano accennando un sorriso.

Mi occupo di Fatiha, è questo che faccio tutto il giorno ormai, senza neanche più pensare al muro esterno alto due metri e chiuso a doppia mandata. Non m'importa di essere prigioniera, perché non m'importa più di uscire. Il futuro? Si vedrà. Al momento ciò che conta è il presente, un presente fatto di mille attenzioni verso una bambina malata. La prima notte l'ho sentita piangere. E poco dopo si è messa a gridare. Allora sono corsa da lei; Souad, mia cognata, la stava picchiando con una pantofola. Gliel'ho strappata dalle mani e l'ho portata sul mio letto, le ho parlato dolcemente, l'ho cullata, consolata, l'ho tenuta in braccio e lei pian piano si è calmata, e infine si è addormentata. Sono rimasta a guardarla a lungo, a respirare il suo odore, a carezzarle la fronte leggermente umida di sudore. Le ho giurato in silenzio che non l'avrei abbandonata, che non l'avrei lasciata deperire, che sarei stata la madre che non aveva mai avuto. Da allora siamo sempre insieme, ogni ora del giorno. Ho imparato a farla mangiare, che è una cosa lunga e difficile, perché bisogna aspettare che apra la bocca e poi riesca a deglutire. La lavo regolarmente, la vesto con delle cose nuove che ho imposto ad Amar di comprarle. Le canto qualcosa, provo a farla camminare: da qualche giorno, se la tengo ben salda sotto le braccia riesce ad accennare qualche passo. E parlo con sua madre, Souad. Cerco di spiegarle che deve trovare la forza di accettarla, anche se è una bambina così diversa dalle altre.

«Tu non capisci» mi dice, «non è che la rifiuto, è che è destinata a morire presto, per questo non voglio attaccarmi troppo a lei...»

Allora con un gesto rapido mi alzo la gonna e le mostro le mie cicatrici.

«Guarda» ribatto decisa, «anche io dovevo morire. Eppure sono ancora qui.»

Domenica. Oggi io e Souad andiamo all'hammam. Per me, praticamente una reclusa, è un avvenimento: sono quasi due settimane che non esco. Per l'occasione ho messo a Fatiha il suo vestitino più bello, di stoffa rosa e leggera. Pettinata come si deve, il viso più carnoso, sembra quasi una bambina come le altre, anche se il corpo è floscio e la testa le oscilla sulla mia spalla. Va bene lo stesso, non ho alcuna vergogna di lei, al contrario. Voglio farle scoprire il mondo, un mondo che lei non ha mai visto, o quasi... Superiamo dunque la famosa porta di legno che ci separa dall'esterno e di colpo ritrovo l'Algeria, questo paese aspro e rozzo dal quale sono rimasta al riparo per qualche tempo. A casa di Amar fa piuttosto fresco, dalla fontana scorre acqua in abbondanza e i piedi nudi poggiano sulle piastrelle lisce del pavimento. Inoltre c'è sempre un gradevole profumo di spezie che riempie l'aria. Fuori invece, il suolo è terribilmente polveroso, e il sole riversa i suoi raggi roventi su ogni cosa. D'istinto poso la mano sulla testa di Fatiha, per proteggerla. Lei chiude gli occhi, si accoccola sul mio petto e diventa pesante, molto pesante, quando inizio a camminare. L'hammam è a Mostaganem; per arrivarci bisogna prendere il bus, un vecchio torpedone tutto ammaccato che trasporta il suo carico abituale di contadini, e anche di polli. Una delle donne sedute di fronte a me, velata come si conviene, tiene sulle ginocchia un agnellino che non smette un attimo di belare. Fatiha sembra sentirlo, ne appare persino incuriosita. È solo una mia impressione o c'è da pensare che da quando me ne sto occupando ha fatto dei progressi? È possibile credere che continuando ad amarla, a stimolarla, a parlarle, riuscirà a superare il suo handicap, almeno in parte? Se davvero succedesse una cosa del genere, allora sarei almeno servita a qualcosa, in questo mondo. «Risparmiare una vita è come salvare l'umanità intera» diceva una suora che ci faceva lezione di catechismo. Potesse essere vero. Mi solleverebbe l'animo.

Una fermata. Souad mi fa cenno che dobbiamo scendere. L'hammam è vicino, giusto un centinaio di metri. Davanti alla porta – una casa bassa come tutte quelle intorno – una decina di donne con il velo stanno chiacchierando allegramente. È un clima che si capisce al volo: in questo posto c'è l'Algeria con il sorriso sulla bocca, un'Algeria ciarliera...

Calore. Umidità. Il mio corpo è madido. Mi sono tenuta addosso pudicamente una camicetta leggera e una sottoveste. Souad invece è nuda, come del resto tutte le altre donne. S'insaponano e si strofinano l'un l'altra con delle grosse pietre nere, e poco alla volta la loro pelle prende un tono scarlatto. Da quanto tempo siamo qui, in questa stanza satura di un vapore così caldo che quasi mi sento soffocare? Non ne ho idea, ma ne ho abbastanza. Le faccio segno che io e la piccola usciamo, che non ne possiamo più entrambe, nemmeno Fatiha. Souad mi rivolge un gran sorriso e un cenno con la mano, poi si rimette a parlare fitto con la sua vicina. M'infilo nella stanza adiacente, molto più fresca. Qui le donne si bagnano con l'acqua della fontana situata al centro, ridacchiando e lanciando strilli ogni volta che i rivoletti ghiacciati scivolano sui seni e sul ventre, per andarsi a perdere infine tra il folto del vello pubico. Corrono, ridono, scherzano, strillano, sono così belle senza il loro velo! Mi bagno una mano e me la passo sul viso, sul corpo; poi faccio lo stesso sulle guance di Fatiha... Sto bene qui, con lei; come se avessi trovato la mia pace. Ho dimenticato la Francia, e se canto ancora è per lei, per Fatiha, per farla addormentare, la notte, mentre la cullo dolcemente...

10

Grida. Urla. Rumore di percosse. Amar sta picchiando sua moglie. Dalla stanza di Fatiha, dove sto cercando di farla addormentare, sento che le sta dando della puttana. Puttana? Ma perché? Souad conduce una vita esemplare. Esce solo per fare la spesa o andare al lavoro. Fa la maestra nella scuola che sta proprio accanto a casa. Il resto del tempo lo passa qui, quasi in clausura. Cosa mai può aver provocato in mio fratello una crisi di gelosia così furiosa? Provo a pensarci, ma non mi viene in mente nulla e intanto, sentendo Souad piangere a singhiozzi, mi sento prendere dal panico. Darei non so cosa per essere capace di correre in aiuto di mia cognata, ma la paura mi annienta, mi blocca al punto di non riuscire nemmeno a respirare, mi fa sudare freddo, mi stringe lo stomaco dandomi un senso di nausea. Resto lì a occhi chiusi, del tutto incapace di muovermi, a pregare Dio che faccia smettere tutto questo...

Ma in quel momento, Dio deve avere altre cose da fare. Quando infine Souad esce dalla sua camera ha un occhio pesto e un labbro spaccato. Eppure, malgrado tutto, la vedo cenare con buon appetito. Più tardi le chiedo cosa sia successo, per quale motivo Amar l'abbia picchiata.

«Oh! Non gli piace che vada all'hammam» risponde semplicemente.

Se mi fosse caduto il cielo sulla testa mi sarei stupita di meno. Mia cognata avrebbe ricevuto una giusta punizione per essere andata a lavarsi?

«Non per essere andata a lavarmi» corregge con un sorriso, «ma per aver chiacchierato con le altre donne, è questo che non piace ad Amar.»

Tace qualche istante. Poi aggiunge con orgoglio: «Sai, se mi picchia, lo fa perché mi ama...».

Un mondo di pazzi. Sto vivendo in un mondo di pazzi. In confronto, la Francia è decisamente un paradiso. Là, in Francia, a casa mia, le donne non si vantano delle botte ricevute, al contrario. E se vogliono possono parlare con un assistente sociale, o anche incontrare un giudice. Qui in Algeria non esistono risorse del genere. Qui le donne sono soltanto degli esseri destinati a procreare, ad allevare i figli e a sottomettersi a ogni pretesa del marito. Senza ricalcitrare...

Domenica. Oggi andiamo tutti a far visita a Marzia, una zia di Souad che abita in una bella casa nel centro di Mostaganem. Sempre tenendo in braccio la piccola Fatiha, faccio conoscenza con gli altri invitati. C'è una mia cugina, Dalila, una bella ragazza con i capelli biondi e gli occhi verdi. Nella nostra famiglia, mi spiega, scorre sangue siriano, berbero e spagnolo, e d'un tratto mi torna in mente che mio padre aveva in effetti gli occhi grigio chiaro. Accanto a lei, sua madre e suo padre. Poi un altro cugino, Ali, basso e tozzo, cui do subito il soprannome di "Rasoterra". Il meno che si possa dire è che sia interessato a me. Per tutto il pranzo – una *tagine* unta e bisunta, che assaggio a malapena – non fa che tempestarmi di domande. «Quanti anni hai?» «Cosa studi, in Francia?» «Ti piace Parigi?» «E l'Algeria, ti piace?» «E i bambini ti piacciono? Sembra di sì, da come ti occupi di Fatiha!» «Quando riparti?» «Tornerai a scuola?» «Hai già un fidanzato?» Io continuo a rispondergli cortesemente, più cortesemente che posso; ma se continua a non sentire nella mia voce alcuna sfumatura di esasperazione, allora vuol dire che è proprio stupido... E infatti eccolo che ricomincia. «Possiamo rivederci?» «Facciamo domenica prossima?» «Puoi portare anche Fatiha, io adoro i bambini...» Poi si presenta come si deve: trentacinque anni, commerciante – «Ho un negozio di vestiti, abiti da uomo, camice, cravatte, tutte cose di classe» – e ovviamente celibe e senza figli. Gli piace mangiar bene, le passeggiate al mare, ma detesta la lettura. Azzardo: «E la musica?». No, neanche la musica gli piace: «Rompe i timpani». Non c'è dubbio, è veramente un cretino...

Le tre del pomeriggio. Finalmente siamo arrivati alla fine del pranzo. Mentre gli uomini vanno a fumare fuori, noi donne saliamo sulla terrazza a far due chiacchiere. Ci sistemiamo sotto un ampio ombrellone a gustare un caffè bello forte, la sola cosa che mi piace, credo, in questo paese. A un certo punto, mentre lo sto sorseggiando con calma, Marzia mi viene vicino.

«Vuoi che ti predica il futuro?» mi domanda.

Appena accetto, incuriosita, lei tira fuori da una tasca una busta di carta con dentro della semola.

«Lanciala.»

Ne prendo una manciata e la tiro in aria; la semola ricade a terra formando dei disegni. Un cerchio. Una linea dritta. Una specie di lago. Con un gran sorriso sulle labbra, Marzia indica quest'ultimo con il dito.

«Bene!» esulta, «una bella notizia! Ti sposerai presto!»

Proprio in quell'istante si sente il miagolio di un gatto.

«Ascolta!» aggiunge. «Anche questo è un segno. Nove mesi dopo il matrimonio nascerà un figlio...»

Un matrimonio? Un bambino? Scrollo la testa per dire no. Non voglio un marito e ancora meno un figlio. Quello che voglio è tornare in Francia, ritrovare il suo clima dolce, il corso di ragioneria, persino casa mia, a Colombes. E glielo dico, senza tanti giri di parole.

«Ascolta!» mi ripete.

Dal porto arriva la sirena di una nave, un suono potente, lancinante, il segnale che sta mollando gli ormeggi.

«Vedi?» insiste dandomi due colpetti bonari sulla mano. «Allah ti benedice. Il suono di una nave che sta per lasciare il porto, questo vuol dire che anche tu stai per andar via...»

Andare via? Forse. Ma Dio solo sa quando. Sono già trascorsi tre mesi, agosto, settembre e ottobre, e io sono ancora qui, in Algeria. Quando faccio notare ad Amar che ho perso la riapertura delle scuole, lui prende e se ne va senza rispondere. E se provo a insistere s'innervosisce, mi fa un cenno stizzito con la faccia dei suoi giorni peggiori.

«Non hai comunque tutta questa fretta!» ringhia. «Cos'è, non stai bene qui?»

No, non sto bene qui. Sono prigioniera. E il timore di non potermi liberare aumenta ogni giorno che passa. Finché un giorno Amar, sentendo crescere la mia tensione, mi annuncia che presto arriveranno mia madre e Djamila.

«Resteranno qui qualche giorno e poi ripartirete insieme. Una ragazza della tua età non può viaggiare da sola.»

Dicembre. Mia madre e Djamila sono appena arrivate. Subito dopo i baci di rito, mia sorella si ritira in camera con la scusa di essere molto stanca. Che cosa le succede? È conciata come una sguattera, lei che di regola è così civettuola. Sul suo viso tondo non c'è traccia di trucco, non si è nemmeno pettinata e ha gli occhi sbattuti di chi ha pianto molto...

«Lo so» mi dice, «sono brutta. Ma tanto è meglio così.»

Silenzio. Poi alza uno sguardo cupo su di me e sussurra: «Sai perché siamo qui?».

«No... Insomma, io sono qui per occuparmi di Fatiha.»

Djamila alza le spalle.

«Mia povera Malika, sei veramente stupida. Di Fatiha se ne sbattono tutti, a cominciare dai suoi genitori. Quella povera piccina è destinata a morire. Se siamo qui è perché nostra madre ci ha già dato in sposa a qualcuno.»

«Ah, questo proprio no!»

La guardo male. Si crede tanto furba, lei. Ma adesso vediamo chi è davvero la più scaltra di noi due.

«Tu sei ancora vergine?» le chiedo.

«Certo che sì!»

«Be', io no. Mi sono fatta deflorare, in Francia. Mamma lo sa. Perciò, se per il matrimonio tu vai bene, di me qui nessuno vorrà saperne.»

Glielo dico con tono duro, deciso. Ma in realtà, già mentre parlo, inizia a farsi strada in me un certo dubbio. Mi torna in mente il pranzo a casa di Marzia. Non sarà, per caso, che mia madre mi ha venduto a Rasoterra? Perché in effetti, se è davvero così, allora si spiegano molte cose. Le domande a raffica. Il gran riguardo nei miei confronti. Lo sfoggio della sua personalità. E anche le "predizioni" di Marzia sulla terrazza. «Ti sposerai presto, e nove mesi dopo il matrimonio avrai un bambino...» Ma poi, così come si è presentato, il dubbio scompare. Andiamo, è veramente impossibile. Non sono più vergine, il che qui in Algeria mi pone del tutto al di fuori di qualunque interesse. È la legge, e una volta tanto, trovo che abbia qualcosa di buono...

«Malika?»

Amar fa irruzione in camera mia.

«Sì?»

«Posso chiederti una cosa?»

«Cosa?»

«Sei vergine?»

La faccia tosta di mio fratello mi lascia interdetta qualche istante. Di cosa s'immischia? Per quale ragione si permette di chiedermi una cosa così personale? La mia espressione deve andare di pari passo con i pensieri, perché Amar s'impettisce subito. E a denti stretti mi dice: «Papà è morto. Ho preso io il suo posto, perciò mi devi rispondere. Sei vergine, sì o no?».

Una pausa. Sul letto, la piccola Fatiha ha capito che sta succedendo qualcosa di strano e si mette a piangere. Io guardo Amar dritto negli occhi. Vuol sapere se sono ancora "pura", come dicono alcuni? Va bene, glielo dico.

«No, non sono più vergine, se ci tieni tanto a saperlo. Sono andata a letto con un francese. E alla prima occasione lo farò di nuovo!»

Lo schiaffo arriva immediatamente. Uno schiaffo a mano piena, violentissimo. Il grosso anello che porta al dito mi raschia via la pelle, mi scava un solco sanguinante sulla guancia. Faccio per gridare ma non ne ho il tempo, Amar mi tronca il respiro con un calcio allo stomaco. Poi mi afferra per le spalle e mi sbatte la testa contro il muro, una, due, tre volte, mi riempie di pugni sulla pancia, torna al volto, mi colpisce sul naso, sugli zigomi, sugli occhi, infine mi getta a terra, dove mi rannicchio nel tentativo disperato di evitare i pugni furiosi che continua a darmi...

Ancora dicembre. In Francia tra poco è Natale. Quando ero piccola, all'ospedale o nelle case di convalescenza, per me era il periodo più bello dell'anno. Mi piaceva preparare le ghirlande con la carta colorata, oppure fare dei disegni che poi le suore e le infermiere fissavano sui muri. A volte, quando stavo meglio, decoravo l'albero con delle palle magnifiche. Le messe alle quali riuscivo a partecipare mi davano un senso di felicità e i cori, in questo periodo, erano ancora più melodiosi. Ma quel tempo, il tempo dell'Avvento, è passato del tutto. Qui in Algeria non si festeggia la nascita di Cristo, ma il mio imminente matrimonio, il mio promesso sposo è proprio Rasoterra. Quanto alla verginità perduta, mia madre se ne frega.

«La prima notte di nozze» mi ha detto, «ti metti qualche pezzetto di vetro nella vagina per farla sanguinare. Preso dalla foga, Ali non si accorgerà di nulla.»

Del vetro dentro la vagina. Fatima non rinuncia davvero a nulla per raggiungere i suoi fini. Ma anch'io le mostrerò fino a che punto so arrivare. Se persisterà nelle sue intenzioni, il giorno stesso del fidanzamento ufficiale prenderò una lama ben affilata, il rasoio di Amar per esempio, e mi taglierò la gola...

«Senti» mi dice mia madre, «non è il caso di fare storie. Se Ali non ti piace, posso trovarti qualcun altro. Il figlio del custode della scuola, per esempio. È un'ottima persona, un intellettuale. Sta studiando medicina. Ha viaggiato molto. È andato persino in Unione Sovietica! Pensi che possa andarti bene?»

No, madre mia, non può andarmi bene. Non voglio essere data a qualcuno come se non fossi altro che bestiame. Quello che desidero, è la mia libertà. Più avanti, se ne avrò voglia, se sarò innamorata, sceglierò io stessa l'uomo con il quale condividere la mia vita. Per il momento mi oppongo e continuerò a oppormi con tutte le mie forze. A partire da ora, da questo fine dicembre algerino, tra noi sarà guerra. Una guerra larvata, subdola, una guerra di trincea, finché una delle due non vincerà sull'altra. E sarò io a vincere. Altrimenti, madre mia, lo giuro, manterrò la promessa: mi ammazzerò.

«Va bene, Malika, tornerai in Francia.»

Febbraio. Miracolo. Del tutto inaspettatamente, questa mattina, a colazione, mia madre si arrende. Con il naso dentro la tazza di caffelatte, m'informa tutto d'un fiato che rinuncia a trovarmi un marito. Ha preso le mie minacce sul serio? Oppure alla fine Rasoterra si è tirato indietro? Comunque sia, ho vinto io. Finalmente posso lasciare l'Algeria. Ma rimane un problema, enorme. Poiché mi considerava ormai sua prigioniera, quell'imbecille di Amar ha bruciato il mio passaporto. Non ho più alcun documento che mi consenta di passare il confine.

«Non è un problema» dice mia madre. «Con il petto piatto che ti ritrovi, potresti sembrare un ragazzo. Ti tagliamo i capelli e parti con i documenti di Bibi...»

Marzo. Mia madre, Djamila e io torniamo a Parigi. Saluto mio fratello e mia cognata. Ma soprattutto prendo congedo dalla piccola Fatiha, destinata probabilmente a tornare alla solitudine, alla sporcizia, alla malnutrizione. Abbandonarla mi spezza il cuore, ma non posso fare altrimenti, ci andrebbe di mezzo la mia stessa vita, la vita che mi attende al di là del Mediterraneo, questo lo so bene. La prendo in braccio delicatamente, con le solite mille precauzioni; lei poggia la testolina sul mio collo, come ormai si è abituata a fare. È l'ultima volta che ne sento il contatto, che la sento così accoccolata su di me. L'ultima volta che l'accarezzo, che le sussurro all'orecchio di non mollare, di continuare a vivere, di avere fiducia che da qualche parte nel mondo esiste un posto anche per lei...

«Arrivederci, piccola Fatiha.»

Mi stacco da lei, la rimetto nel suo lettino, le faccio ancora una carezza sulla fronte, le riaggiusto i riccioli neri, mi assicuro che il pannolino sia pulito, ma ora devo proprio andarmene, devo partire. Mi alzo, mi allontano, esco dalla stanza, chiudo la porta alle mie spalle...

Le tre del pomeriggio. L'aeroporto di Algeri è piacevolmente climatizzato. Cappello in testa, pantaloni e camicia da uomo, mi sento tesa come una corda di violino. Riuscirò a passare il controllo doganale? Oppure scopriranno il sotterfugio e m'impediranno di salire sull'aereo già pronto sulla pista? Per saperlo, non ho che da aspettare. Davanti a me c'è una lunga fila di passeggeri in attesa, e in fondo alla fila, dietro i banconi, i doganieri non fanno che aumentare la mia tensione. Controllano ciascun passaporto con la massima attenzione, confrontando più volte la foto con la faccia del proprietario... Mio Dio! Non ce la farò mai! Va bene che io e Bibi ci somigliamo – stessi occhi neri, stesse labbra carnose –, ma non abbiamo lo stesso naso né le stesse orecchie. Per non parlare della fronte: la sua è alta, la mia piuttosto bassa. Inoltre la mia faccia è tonda, mentre la sua tende all'ovale. E anche l'attaccatura dei capelli è diversa...

«Dài, Malika.»

Mia madre, sempre impaziente, mi prende per un braccio e mi spinge avanti. Più mi avvicino ai doganieri, più aumenta la paura. Cosa succede se mi scoprono, mi arrestano? Avanzo un passo alla volta, di fianco a mia madre. Ormai davanti a noi ci sono solo tre persone. Due. Una. Ecco, ci siamo, tocca a noi. Fatima prende il mio passaporto e lo posa sul bancone, accanto al suo. Io rimango seminascosta dietro di lei. E succede il secondo miracolo in pochi giorni: il doganiere mi dà giusto una rapida occhiata e ci fa passare! Possiamo imbarcarci.

Le sei del pomeriggio. L'aereo avrebbe già dovuto essere in volo da più di un'ora. In effetti i passeggeri sono seduti ai loro posti da un pezzo, e sono anche passate le hostess a controllare che tutti abbiano le cinture allacciate. Ma poi, più niente; l'aereo è ancora fermo sulla pista. Ci dev'essere un problema – anzi, c'è di sicuro – e quel problema non posso che essere io. La fronte mi s'imperla di sudore freddo. Non so bene per quale ragione, ma i doganieri devono aver capito che li abbiamo ingannati e hanno dato ordine ai piloti di non decollare. Da un momento all'altro saliranno a bordo e sarò smascherata...

Il suono dei motori. L'aereo si muove, si posiziona sulla pista di decollo. Tiro un sospiro di sollievo. Il ritardo non era dovuto a me, mi ero "fatta un film". Ancora qualche minuto e l'aereo, raggiunto il massimo della potenza, si alza in volo. È finita, ho lasciato l'Algeria. Sei ore più tardi atterriamo senza inconvenienti a Orly.

La Francia, finalmente. L'atrio della dogana qui è un grigio stanzone anonimo, nel quale tuttavia avrei voglia di mettermi a ballare. La gioia di essere di nuovo sul suolo del mio paese è tale che quando presento al doganiere il mio passaporto, vale a dire quello di Bibi, mi scordo persino di aver paura. Quello gli dà un'occhiata – più per forma che per vero controllo – e me lo rende con un sorriso. Sono a casa. A questo punto, resta la necessità di sbarazzarmi di mia madre.

La decisione l'ho presa poco fa, sull'aereo. Questa volta basta, davvero: non tornerò con lei a Colombes. Ho avuto troppa paura, sono stata troppo male e temo anche qualche ulteriore trappola. Stavolta sparirò per bene, e comunque mia madre non potrà fare niente per riavermi: ho appena compiuto diciotto anni. Devo allontanarmi da lei, adesso, subito. E per farlo, ho una certa idea in mente.

Mentre andiamo verso il posteggio dei taxi, le dico: «Mamma, siamo veramente cariche. Non ci prenderà mai nessun taxi tutte e tre, con tutti questi bagagli. Se vuoi, posso prendere l'autobus...».

Per un istante, mia madre valuta i pro e i contro. Da una parte – è piuttosto evidente – farmi tornare con il bus la preoccupa; ma è anche vero che abbiamo un carrello sovraccarico di borse e valige...

«D'accordo» mi dice alla fine. Rovista dentro le tasche e mi dà una moneta. «Tieni, per il biglietto. Ci vediamo a casa. Non andartene in giro.»

Scrollo la testa, come se fossi davvero piena di buona volontà.

«Vengo dritta a casa, promesso...»

Silenzio. Mia madre mi dà un'occhiata strana, curiosa e preoccupata insieme. Mi chiedo se non abbia intuito quel che sto per fare. No, non può essere. Fatima è maligna, d'accordo, ma non è chiaroveggente. Qualche secondo ancora e se ne va insieme a mia sorella, che spinge il carrello. Le guardo prendere il taxi e allontanarsi, poi giro sui tacchi ed esco dall'aeroporto. Di fronte a me c'è un vasto prato con l'erba già verde, primaverile. Ebbra di gioia, mi tolgo le scarpe e inizio a camminarci sopra a piedi nudi. Il manto erboso è morbido, tiepido, il suo profumo fresco e intenso m'inebria fino a farmi girare un poco la testa, una vertigine di letizia che prolungo fermandomi e chiudendo gli occhi, piedi saldi a terra, testa rivolta al cielo e labbra dischiuse per assaporare meglio le fragranze della primavera che inizia...

Libera. Sono libera. Sono in Francia.

In cammino verso la vita vera.

11

Innamorata. È il 1975, e per la prima volta nella mia vita, sono innamorata... Si chiama Patrick, e ha appena compiuto diciannove anni. Si guadagna da vivere vendendo quadri a Montmartre, proprio come me. Ogni mattina passiamo dal nostro principale a prendere le tele, tutte raffiguranti dei *poulbots*[1]. Poi facciamo il giro dei caffè e dei ristoranti, oppure abbordiamo i turisti per strada. Da ragazzina timida che ero, sono diventata un'eccellente venditrice. Sono brava ad "agganciare" il cliente, a presentargli la merce, a vendere le tele in men che non si dica. A mezzogiorno, io e Patrick ci ritroviamo per mangiare al volo un panino. La sera, dopo aver reso l'incasso al netto della nostra percentuale, torniamo nella camera mansardata che ho preso in affitto. E qui, ci lasciamo andare ai gesti dell'amore, gesti che scopro via via, e con una specie d'incanto, di meraviglia. Mi ci è voluto del tempo prima di concedere al mio compagno di prendere possesso del mio corpo;

[1] Bambini poveri di Montmartre, il cui nome deriva dal disegnatore (Francisque Poulbot) che per primo li ha raffigurati (N.d.T.).

usando l'arma della pazienza e della gentilezza, ha finito per convincermi che le mie cicatrici non erano poi così brutte. Adesso lascio che mi tocchi, che mi accarezzi: in una parola, lascio che mi ami. E tra le sue braccia, dimentico tutti i problemi che la nostra relazione porta con sé.

Le cose, anche stavolta, non sono semplici. Patrick, figlio unico di una famiglia abbiente, è un vero e proprio "figlio di papà". I genitori lo hanno cresciuto carichi di attese, preoccupati soprattutto di vederlo "arrivare". Quando me li ha presentati, nella loro bella casa di Enghien, ho capito subito che per loro ero solo "un'araba di passaggio", e che avrebbero fatto di tutto per farci concludere la relazione. E anche da parte di mia madre, le cose non sono iniziate meglio. Furiosa per avermi lasciata scappare, mi ha trattata a lungo con freddezza; ma quando ha saputo che uscivo con un "francese" le è venuta letteralmente voglia di farmi fuori. A farla breve, io e Patrick, il francese e l'algerina, siamo un po' come Romeo e Giulietta, ma abbiamo poco da crogiolarci nel romanticismo della situazione.

Agosto. Io e Patrick piantiamo lì Montmartre con i suoi *poulbots* e andiamo a trascorrere qualche giorno di vacanza a Sète e dintorni, nel Sud della Francia, seguendo il consiglio di alcuni amici che ce ne hanno descritto la bellezza e l'attrattiva. Arrivati sul posto, mi sento quasi mancare. Sarà il caldo? La fatica del viaggio sullo scooter di Patrick, seduta dietro di lui? Comunque sia, non mi sento affatto bene.

«Non sarà per caso che sei incinta?» azzarda il mio compagno.

Incinta, io? Alzo le spalle. Se mai non lo avesse notato, ho appena avuto le mestruazioni...

Una notte stellata e mite, come solo le notti del sud possono esserlo. È già tardi, ma l'aria è ancora piuttosto calda. Stesa dentro la tenda che abbiamo affittato in un campeggio di Fréjus, non riesco a prender sonno; e dire che poco fa mi sentivo esausta. Ho rinunciato alla serata organizzata sulla spiaggia proprio per andarmene a dormire, ma adesso me ne rammarico. Andiamo, ho vent'anni! Non è certo l'età in cui si va a dormire con le galline. Deciso: mi alzo, mi faccio bella e raggiungo il mio ragazzo.

Ma se credevo di fargli una sorpresa, arrivata in spiaggia sono io che rimango a bocca aperta. Patrick è tutto avvinghiato a una ragazza. Rimango a guardarli qualche istante e intanto, dentro, mi viene voglia di compiere un omicidio. Mi sono fatta fregare ancora una volta. Lo rivedo mentre mi bacia e mi accarezza, e quegli stessi gesti adesso li sta riservando a un'altra.

«Patrick?!»

Ho urlato. Lui si volta subito verso di me.

«Malika?!»

Sì, sono Malika. La regina, in arabo, la regina delle cretine, soprattutto. Una "meteca"[2] alla quale nessun francese resterebbe fedele. Non a caso, infatti, Patrick mi sta tradendo con una bionda carina, occhi azzurri...

Ottobre. Ho ripreso la vendita dei quadri. Ma più passa il tempo, meno riesco a venderne. Non per pigri-

[2] Espressione beffarda con la quale i francesi indicano i nordafricani residenti in Francia (N.d.T.).

zia, ma perché dalla mattina alla sera devo lottare contro gli attacchi di nausea. Devo essermi presa qualcosa, non c'è dubbio. Vomito tutto quello che mangio, ho perso quasi cinque chili. E se ho ancora le mestruazioni, in realtà si sono ridotte a un flusso scarso e brevissimo.

«Malika, non voglio spaventarti» mi dice Djamila, con la quale mi confido per telefono, «ma non è che sei incinta?»

Incinta io? Figuriamoci. Impossibile. Da quando ho sorpreso Patrick tra le braccia di Martine – è il nome della bionda carina, che continua a frequentare – non ho più avuto rapporti sessuali con lui. Del resto, è già tanto se gli rivolgo ancora la parola.

«Fai comunque un test di gravidanza» insiste mia sorella, «non si sa mai.»

La trovo un'idea stupida. Ma il medico che contatto è dello stesso avviso. Insomma, finisco in un ambulatorio per un prelievo di sangue. Due giorni dopo, quando vado a ritirare i risultati, rimango senza respiro: il test è positivo.

Un treno diretto a Calais. Poi un traghetto per l'Inghilterra, sul quale m'imbarco. Il viaggio è stato organizzato dal consultorio, e il suo scopo ultimo è un aborto. Vorrei tanto poter non interrompere la gravidanza, una gravidanza che ha del miracoloso, visto che i medici mi hanno sempre detto che in seguito all'incidente non avrei potuto avere figli. Ma come fare diversamente? Non ho soldi, non ho un lavoro, e il nascituro non avrebbe nemmeno un padre.

Ecco a cosa penso, su questa nave che mi sta portando

in Inghilterra. Per evitare le raffiche di vento gelido sul ponte mi sono rifugiata nel bar. Intorno a me la gente parla e gesticola. Un gruppo di studenti ride spensieratamente. Due anziani signori sorseggiano una birra. Una ragazza gioca con un bimbetto che avrà sì e no un anno. È biondo, paffuto, con gli occhi azzurri. Chissà, forse mio figlio – o mia figlia – somiglierebbe a lui, se lo lasciassi nascere. Oppure potrebbe avere i miei stessi occhi, dei grandi occhi neri con le ciglia lunghe come le mie. Non ho mai avuto bisogno di mettermi il mascara. Per un istante immagino il mio bambino, il nostro bambino, mio e di Patrick. Poso anche la mano sul ventre, come per proteggerlo. E alla fine, cullata dal rollio leggero della nave, pensando a tutte le ninnananne che gli potrei cantare, scivolo nel sonno.

Uno sdoppiamento della personalità. Ecco quello che mi succede, ancora una volta, al mio arrivo in Inghilterra. Una parte di me adempie scrupolosamente le consegne che mi sono state date dal personale del consultorio. Scendo dal traghetto, raggiungo la stazione, salgo su un treno diretto a Londra. Arrivata a Londra prendo un taxi che mi porta all'albergo, e la sera, a causa dell'anestesia del giorno dopo, ceno in maniera molto leggera. Ma mentre faccio tutte queste cose in vista dell'aborto, non smetto un attimo di immaginare il bambino che sta dentro di me. Una femmina? Un maschietto? Alto? Basso? Biondo? Moro? Occhi verdi? O forse neri? Mani da pianista? Voce da corista? Sophie o Nicolas? E al momento, a che punto è della sua crescita? È ancora allo stadio informe, una specie di grosso fagiolo, o avrà già i piedi e le mani? E il suo cervello, quanto è sviluppato? Riesce ad avvertire in qualche modo quello che gli succede intorno? Riesce ad avvertire che sua madre sta per ucciderlo?

Le sette di mattina. Come convenuto, arrivo all'ospedale. Nella sala d'attesa ci sono altre tre donne. Prendo una rivista, la sfoglio meccanicamente. In ogni caso, visto che non conosco l'inglese, non posso che limitarmi a guardare le immagini. Dovrei impararlo. Dovrei anche riprendere gli studi e puntare al diploma di ragioneria, non posso certo passare il resto della mia vita a vendere tele a Montmartre. Ma poi, ho veramente voglia di diventare una ragioniera? Non ne sono così sicura. Di fatto, vorrei fare qualcosa che mi piaccia veramente, che mi faccia vibrare. E che mi permetta, anche, di aiutare gli altri...

«*Madame* Bellaribi?»

Pronunciato all'inglese, il mio cognome prende un suono ridicolo, ho persino qualche difficoltà a riconoscerlo. Ma è proprio il mio, è il mio turno. Mi alzo e seguo l'infermiera nello studio del medico. Prima dell'intervento, vuole visitarmi...

«*Lay down on the table, please.*»

È un uomo piuttosto basso, tarchiato, vagamente burbero. Parla un inglese veloce, che accompagna con gesti per farsi capire meglio. Faccio come dice. Mi spoglio – la gonna, i collant, gli slip, la parte sopra la tengo – e mi vado a sdraiare. Lui si avvicina; quando vede le cicatrici sulle mie gambe fa una smorfia.

«*What happened to you?*»

Cosa mi è successo? Anche se volessi, sarei del tutto incapace di spiegarglielo in inglese. Mi limito a farfugliare che ho avuto un incidente e non gli dico nulla del bacino fratturato, delle decine di interventi chirurgici, della lunghissima fase di recupero motorio... Da parte sua, il medico non insiste. Mi palpa a lungo la pancia, appena un po' rigonfia; poi mi guarda sbalordito.

«*You're six months pregnant*» dice.

Non capisco. *Pregnant*, vuol dire "incinta". Ma *six months*... Sei mesi? Costui dev'essere pazzo.

«*Go back to France. I can't abort you. It's too late...*»

Una camera con i muri bianchi. Un letto in metallo. Sono di nuovo in un ospedale, ma questa volta in maternità. Tutti i medici che mi hanno visitata hanno confermato la diagnosi del ginecologo inglese. La mia gravidanza non è iniziata tre mesi fa, come credevo, ma sei. E il collo dell'utero si sta già aprendo.

«Se vuole salvare il suo bambino deve fare una serie di flebo» mi hanno detto, «altrimenti rischia un aborto spontaneo.»

Un aborto spontaneo? Be', visto che abortire è proprio ciò che volevo fare, questo aggiusterebbe le cose. Ma non sono più sicura che sia quello che voglio. Il bambino che vive dentro di me è già un vero e proprio nascituro, ha un naso, una bocca, degli occhi, delle orecchie. Sente. Capisce. Maschio o femmina che sia, si muove, si succhia il pollice e io, già comincio ad amarlo.

Gennaio 1976. Sono incinta di otto mesi e mezzo. Come per miracolo, la mia pancia ha preso le dimensioni caratteristiche di una gravidanza. E tuttavia continuo a lavorare. Vendo sempre le tele, grazie alle quali posso mantenermi. Il principale, un brav'uomo, mi ha trovato una balia. Per un compenso modico mi terrà il bambino finché non mi sarò organizzata meglio. Quanto a Patrick, al quale ho dato la notizia, si è rivelato piuttosto contento.

«Porterà il mio nome» ha detto.

Mio figlio porterà il nome del ragazzo che mi ha tradita? Veramente non sono d'accordo. Da quando l'ho visto avvinghiato a Martine non ho più fiducia in lui. E quando cerca di abbracciarmi io mi scanso, non riesco più a sopportare il contatto della sua pelle. Lui pensa che il mio atteggiamento sia dovuto unicamente alla gravidanza. E fa castelli in aria. «Se è una femmina» dice, «la chiamiamo Isabelle, che è un nome molto francese.» Dimentica che sono algerina, ma evito di ricordarglielo. «Se invece è un maschio, allora sarà Sébastien.» Sébastien? «Sì, come nello sceneggiato *Belle e Sébastien*.» Mi viene da sorridere: il giovane attore che interpreta quel ruolo – lo ricordo bene – si chiama Mehdi...

«Terrà lei il bambino?»

È la mia ultima visita in ospedale, prima del parto. L'ostetrica mi ha appena auscultato. Va tutto bene, tutto, tranne me. Giunta ormai al termine della gravidanza, mi è venuta un'angoscia enorme. Come farò a crescere questo bambino? Da qualche giorno, Patrick si è messo come in disparte. Cerca di evitarmi, per non dire che mi sfugge proprio. Qualcosa mi dice che alzerà i tacchi un attimo dopo che il bambino sarà venuto al mondo. In queste condizioni, non sarebbe forse meglio partorirlo senza nome? Maschio o femmina che sia, potrà poi essere adottato e crescere in un contesto senza dubbio migliore. A occhi chiusi, una mano sul ventre, immagino il bambino – la bambina – affidato a una elegante signora bionda con gli occhi azzurri, che prima se lo stringe al petto e poi lo sistema in un bel passeggino nuovo per portarlo a casa, un maniero dalle stanze immense, con un pianoforte a coda che troneggia al centro del salone principale. E immagino la sua camera già piena di giochi, un armadio carico di vestiti. Fuori, nel parco del maniero, c'è un portico con un'altalena. E quando sarà cresciuto un pochino avrà anche un pony. Scuola privata, vacanze da sogno, tutto gli sarà dovuto. Crescerà felice, amato, coccolato, come io non sono mai stata...

16 gennaio. Quindici giorni prima della data prevista, sento la pancia tendersi. Un falso allarme? No. Le contrazioni si fanno più lunghe, più dolorose, meno distanziate una dall'altra. È Patrick che mi porta al reparto maternità, in preda all'emozione. Tuttavia, per il travaglio mi lascia da sola nella stanza apposita: preferisce non vedere. Meglio così. Non voglio che mi veda. Partorirò senza di lui, ma prometto comunque di farlo avvertire appena il bambino sarà nato. E poi, un po' più avanti, inizia la lunga battaglia, la lunga sofferenza solitaria, ma la sofferenza è una vecchia compagna, come pure i tavoli di metallo e i grossi fari sopra di essi.

Ancora una spinta, decisiva, finale. L'ostetrica m'incoraggia. «Forza. Sta andando tutto bene. Eccolo. Spunta già la testa.» A dire il vero, al momento non me ne importa granché; quello che conta è essere arrivata al termine di questo supplizio che va avanti da sette ore, diecimila contrazioni e altrettante grida soffocate, con in più la paura di non farcela: «Se non fa uno sforzo dobbiamo farle il cesareo», ha detto il ginecologo passato a vedermi giusto qualche istante per tornare poi a occupazioni più importanti. Ma ora, finalmente, lo sento scivolare fuori dal mio corpo. «È una femmina!» esclama l'ostetrica.

Tenera. Paffutella. La testa tonda, il cranio già coperto di capelli biondi e lisci, le labbra carnose, gli occhi chiari, con le ciglia lunghe. La levatrice l'ha adagiata sulla mia pancia. D'impulso mi viene da tenerla stretta, e lei subito, d'istinto, cerca il mio seno. Come ho potuto, anche solo per qualche istante, pensare di abbandonarla? Questa è la mia bambina, non può essere di nessun altro. E se al momento non ha né camera, né giochi, né parco, né portico, né pony, ebbene, lo giuro, le cose cambieranno. Per lei lavorerò senza sosta, mi rimetterò a studiare, salirò in alto, ce la farò. Diventerò ricca, chissà? Frequenterà le scuole migliori, farà le vacanze al mare, e soprattutto – soprattutto – avrà intorno tutto l'amore che io non ho mai ricevuto.

Resta da decidere il nome. Non ho dubbi. La mia bambina si chiamerà Nacera, che in arabo significa "ragazza fiera, orgogliosa".

«Nacera? E perché non Isabelle?»

17 gennaio. Patrick è appena entrato nella mia stanza. Si china sulla culla dove sta dormendo sua figlia, la guarda estasiato, dice che è bella. E subito dopo inizia a far questioni sul nome che le ho dato.

«Isabelle è un nome francese» dice, «per lei sarà più facile.»

Ha ragione, lo so anch'io. Eppure in me c'è qualcosa

che si oppone. La Francia è il mio paese, ma per quel che ho potuto constatare non apprezza molto la gente come me, le persone che hanno la sfortuna di nascere con la carnagione scura e occhi e capelli un po' troppo neri. Qualunque cosa faccia, io – la madre di questa bambina – sono e resto algerina. E dunque, perché barare? Perché mascherare mia figlia con un nome francese?

Allora, Nacera o Isabelle? Io e Patrick battagliamo a lungo. Finché a malincuore, anche per porre termine alla diatriba, finisco per cedere. Ma non del tutto.

«D'accordo, si chiamerà Isabelle. Ma Nacera sarà il suo secondo nome. E avrà il mio cognome, Bellaribi...»

Febbraio. Esco dall'ospedale, da sola. Dopo quella visita, Patrick non si è più fatto vedere. Sta per abbandonarmi, come avevo già intuito? Per il momento, evito anche di pormi la questione. Sono stanca, per non dire spossata: passo le notti a occuparmi di Isabelle. Il mio unico desiderio è dormire almeno due ore di fila. Inaspettatamente, mia madre mi ha proposto di andare a riposarmi qualche giorno a casa sua; ho accettato l'invito... Alla fermata, in attesa del bus, con Isabelle sistemata bene al caldo dentro la culla, provo a immaginare il momento in cui ci rivedremo, tra poco. La vedo chinarsi un po' sulla bambina, scostarle appena la coperta, fermarsi a guardarla con l'orgoglio negli occhi e sentirla dire che somiglia a mio padre, del quale ha in effetti sia il naso sia la forma del viso... Ovviamente, è un'illusione. È vero che mia madre scosta leggermente la coperta per vedere meglio mia figlia, ma un attimo dopo storce il naso in un modo che conosco fin troppo bene: è la smorfia che annuncia il suo malumore.

«È bruttina» dice, «sembra una francese...»

Poi, con un gesto sprezzante, aggiunge: «Vattene via. Non voglio più vedervi, né te né lei».

Cacciata da mia madre. Abbandonata da Patrick. Disprezzata da mio fratello Dodi, al quale ho chiesto un po' d'aiuto. Ecco a che punto mi trovo – io, "la regina" – dieci giorni dopo il parto. E tuttavia, lungi dal crollare, vengo colta dalla voglia di rifarmi, da una vera e propria febbre di rivincita. Mia madre non mi vuole più? Chi se ne importa. Patrick se n'è andato? Tanto meglio. Tutto quello che mi interessa – che conta – è mia figlia. Uscirò fuori da questa situazione. Tanto per cominciare mi cercherò un lavoro, un lavoro vero, non la vendita di quadri ai turisti...

Probabilmente, è proprio in questo momento della mia vita che c'è stata la svolta, il bivio che mi ha portata qui dove sono adesso. Per Isabelle mi lascio definitivamente alle spalle le paure, i dubbi, le incertezze, e quel senso di fatalità che fino a qui ha sempre gravato sulle mie spalle. In me restano solo rabbia e voglia di farcela, di vincere. Ho davanti a me un percorso nuovo, e anche se è fatto solo di sacrifici – un lavoro massacrante in una lavanderia, poi turno di otto ore in una fabbrica, scuola serale di ragioneria e un alloggio all'ostello per giovani lavoratori – so che un giorno questo percorso mi condurrà a una vita diversa. Nell'attesa, lavoro e studio. E tutto il resto del tempo lo dedico alla mia bambina.

Lei è me, io sono lei. Ci completiamo, ci capiamo con un gesto, con un sorriso. Lei mi dà l'amore che non ho mai ricevuto, e io gliene rendo cento volte tanto. Il resto, per il momento, mi è indifferente...

12

«Aiutati che il cielo ti aiuta.» È la frase che mi ripetevano le suore quando perdevo la speranza di poter riprendere, un giorno, a camminare normalmente. Avevano ragione. Da quando "mi sono presa per mano", come dice Jacky, l'uomo con il quale condivido ormai la vita insieme alla mia bambina, per me è cambiato tutto. All'inizio mi sono data da fare, ho lavorato sodo, più di quanto avrei mai ritenuto possibile. E dopo il turno alla catena di montaggio, in fabbrica, studiavo ragioneria per corrispondenza. Giorno dopo giorno ho preso confidenza con i numeri, fino a saperli gestire da vera esperta.

Ho superato il diploma con successo, e poi ho anche ottenuto l'abilitazione professionale. Ormai – e siamo all'inizio del 1980 – sono la regina dei bilanci, l'imperatrice dei rendiconti. La prova? Ho già esperienze di lavoro in diversi studi di commercialisti, anche se non sempre sono stata fortunata, perché per quanto sia diventata brava, continuo a chiamarmi Malika e la mia carnagione è ancora scura, i miei occhi sempre neri, i miei capelli troppo ricci. Insomma, sono maledettamente "meteca". Una mia collega si è persino stupita che io sia stata assunta. Il titolare di uno studio, per evitare che gli spaventassi i clienti, mi aveva riservato una scrivania "appartata". Un altro mi ha chiesto di cambiare nome. «E se si chiamasse Marion? Le piacerebbe?» Ogni volta, davanti a ognuna di quelle vessazioni, mi sono afflitta e arrabbiata fino alle lacrime. Ma non ho mai ceduto, non mi sono mai piegata, semmai il contrario. Ciascun attacco, ciascun malcelato insulto che ho ricevuto mi ha resa più forte. Pur di non "morire stupida" – è sempre Jacky a dirlo – mi sono immersa nei libri. Gide, Giono, Victor Hugo e i suoi *Miserabili*, ma anche Montherlant e Rimbaud. E poi il *Petit Robert*[1]. Non succederà mai più che qualcuno mi debba spiegare il significato della parola *"calcestruzzo"*, come una volta si è permesso di fare con tono vagamente indulgente un capoufficio...

E poi naturalmente c'è la vita, la vita vera, quella che dedico interamente ai miei. A Isabelle prima di tutto, la mia bambolina, l'amore mio, che a cinque anni è una continua sorpresa. E a Jacky, incontrato all'ostello per giovani lavoratori, dove ho alloggiato per qualche mese. Un ragazzo alto, tranquillo, che si è innamorato di me. Dal canto mio, se dicessi di amarlo mentirei; ma di sicuro gli ho dato la mia fiducia, che è forse la cosa più importante. Per Isabelle è come un padre. Per me è un vero compagno, solido, rassicurante, l'albero al quale mi appoggio per riuscire a stare in piedi. Viviamo insieme, in un piccolo trilocale a Cachan. Ab-

[1] Dizionario tra i più diffusi in Francia (N.d.T.).

biamo anche un gatto bianco e grigio, che dorme con me. E in settembre ci sposeremo: un matrimonio attraverso il quale potrò cambiare nazionalità, diventare francese...

Lo so. Non sarò mai come voi, fortunati abitanti di questo paese. Sono nata sul vostro territorio, sono cresciuta tra voi, con gli stessi riferimenti, gli stessi valori, ma resterò sempre una straniera. E Dio sa quanto me lo facciate sentire! Occhiate sarcastiche o sprezzanti, parole ironiche o anche offensive, allusioni appena velate, vivere e lavorare normalmente, per me, l'algerina, certe volte diventa una vera corsa a ostacoli. Ecco perché, come tanti miei pari, aspiro alla nazionalità francese: mi permetterà finalmente di tapparvi la bocca. Io, Malika Bellaribi, l'araba che parla perfettamente la vostra lingua ma obbligata a rinnovare i suoi documenti ogni dieci anni, potrò finalmente ottenere giustizia. Perché se nella vostra costituzione tutti gli uomini sono ritenuti uguali, troppo spesso nella realtà succede che una certa appartenenza venga sommariamente considerata una colpa... Essere francese – per me –, in questo 1978, è diventato una specie di ossessione. Che la cosa vi meravigli o no, è proprio questo che mi fa accettare la proposta di matrimonio di Jacky...

Squilla il telefono nel piccolo appartamento di Cachan. Jacky – mio marito, anche se ancora non mi sono abituata all'idea – risponde. Lo sento chiedere a più riprese: «Da parte di chi?». E poi: «Malika, è per te».

Lascio mia figlia, alla quale stavo leggendo una storia, e prendo la cornetta. Quando sento la voce all'altro capo del filo, mi tremano le gambe: è Djamila, mia sorella. Non c'era più stato alcun contatto tra di noi da quella volta in cui mia madre mi cacciò da casa... Come mi ha trovata? Perché mi ha cercata? Forse mia madre è malata?

«Non è per la mamma» mi dice, «è per Hayat. Ha cercato di suicidarsi. È all'ospedale.»

Un ospedale. Un altro ancora, simile a tutti quelli che ho conosciuto per tanti anni: muri bianchi o giallo pallido, lunghi corridoi attraversati da medici e infermieri, e quell'odore caratteristico, un misto di varechina e disinfettante... Mentre mi dirigo verso la rianimazione, dove hanno ricoverato mia sorella dopo aver inghiottito un intero flacone di tranquillanti, mi riaffiora tutto di colpo. La solitudine. La sofferenza. La disperazione. Ma anche la gioia, quando sugli alberi sbocciavano quei bei germogli verde pallido, o quando una farfalla si posava per qualche istante sulla finestra... Tutta la mia infanzia è racchiusa in un posto come questo, tra quattro mura in tutto simili a queste, tanto che mi aspetto quasi di veder spuntare in fondo al corridoio Gaby, la mia infermiera preferita. Chissà se continua ancora a lavorare, se ancora si siede, notte dopo notte, al capezzale di un bambino malato. E le religiose che venivano a trovarmi, suor Emmanuelle, suor Clotilde, suor Angela, dove saranno adesso?

«Sta cercando qualcuno?» mi chiede un'infermiera. Devo avere un'aria smarrita. Le dico che mia sorella è in rianimazione; mi indica la strada, due volte a destra e poi a sinistra.

Hayat è dietro una porta dotata di un ampio vetro. È stesa sul letto, sotto una coperta di lana uguale a quelle dentro le quali mi rannicchiavo da bambina; ma con tutti quei tubi che la collegano ai macchinari stento quasi a riconoscerla. Cosa le è successo? Cosa è successo alla più grande delle mie sorelle, alla donna infaticabile che ci ha cresciute? Era sempre in movimento, sempre con qualcosa in mano, uno straccio, una scopa; lavava, lucidava, spolverava, usciva per la spesa, non si fermava mai. E non smetteva mai di parlare, di brontolare, di ridere, di piangere... Non può essere vero che adesso è qui, immobile, incosciente. Tra qualche istante si sveglierà, si strapperà via tutte quelle apparecchiature che la trasformano in una specie di robot e mi correrà incontro, mi stringerà tra le sue braccia...

Ma non succede niente di tutto questo. Hayat resta immersa nel suo sonno comatoso, in prognosi riservata; come mi spiega il medico che si sta occupando di lei, ha mancato il suicidio solo per un pelo. Eppure, accanto a suo marito e alle sue due bambine sembrava felice; perché mai avrà voluto morire? Questo, nessuno lo saprà mai.

Quarantott'ore dopo, appena risvegliata dal coma, approfitta della distrazione di un'infermiera e ingerisce di nuovo un'intera confezione di barbiturici. Per quanto tempestivi, stavolta gli sforzi dei medici non sono sufficienti...

Notte fonda. Mia sorella è davanti a me, le braccia conserte, mi guarda. Apre appena le labbra, abbozza qualche parola. Cosa vuoi dirmi, Hayat? Si tratta di una cosa importante, lo sento, ma non riesco a sentirti.

«Malika?»

Mi tiro su di soprassalto, il cuore in tumulto, accecata dalla luce improvvisa. Dove sono? Con chi? Mi guardo intorno stravolta, senza riconoscere la mia camera, dimenandomi per liberarmi dalle mani di qualcuno.

«Malika, svegliati! Hai avuto un incubo!»

Un incubo? Le parole si aprono un varco e mi fanno tornare in me. Che sollievo, è stato solo un brutto sogno. Sono a casa, nel mio letto. Jacky mi sta abbracciando, mi scrolla dolcemente, mi fa bere un sorso d'acqua che sento in bocca, tiepida, poi la sento scendere in gola e andarmi un po' di traverso, mi viene da tossire, Jacky mi dà qualche colpetto sulla schiena, ecco, è già passato, adesso va bene, sono sveglia.

Sveglia? Sì, forse. Ma l'incubo non è ancora finito, alle spalle di Jacky vedo ancora Hayat. È in piedi accanto alla porta, le braccia conserte, con una sua tipica espressione in volto. Mi sta dicendo qualcosa, ma dalle sue labbra non esce alcun suono...

«Malika, sei stanca e depressa. Dovresti farti vedere da un medico. Sono certo che ti darà qualcosa per rimetterti in forma.»

Sono le quattro del mattino. Jacky sta cercando di calmarmi. Poco fa, quando ho visto Hayat dietro di lui, la mia reazione è stata quella di coprirmi gli occhi con le mani e di rannicchiarmi sotto le lenzuola, per poi scoppiare a piangere.

«Mia sorella è qui! Mia sorella è qui...» urlavo tra i singhiozzi.

Per fortuna Jacky non si è spaventato; al contrario, è rimasto più calmo possibile. Mi ha tenuta stretta a lungo, cercando di farmi ragionare come si fa in genere con i bambini piccoli. A furia di frasi rassicuranti – «Ma no, Malika, tua sorella non è qui. Stai continuando a sognare» – è riuscito a farmi tirare fuori la testa da sotto le coperte. Poi, una volta convinta che oltre a noi due nella stanza non c'era nessun altro, piano piano ho smesso di piangere. Ma alla fine, un attimo prima di riaddormentarmi, ho pregato che al risveglio non ci fosse di nuovo mia sorella a fissarmi.

Un raggio di luce oltrepassa le tende e si posa sui miei occhi, costringendomi ad aprirli. Le undici! L'orologio a muro segna le undici del mattino! Non mi sono alzata per portare mia figlia a scuola, non sono andata a lavorare. Ho la testa pesante e adesso ricordo: stanotte Jacky mi ha infilato tra le labbra un tranquillante. Mi metto seduta, poi con calma riesco anche a passare alla posizione eretta, un po' instabile a dire il vero, come se il pavimento si muovesse, ma provo a non farci caso. Un minuto più tardi entro in cucina, dove mi accoglie un buon aroma di caffè. Jacky ha lasciato sulla tavola il bollitore pronto e la mia tazza. E a fianco, un biglietto.

Ho portato Isabelle a scuola e ho avvertito il tuo principale che sei malata. A stasera, J.

Le cinque del pomeriggio. Sono seduta da più di mezz'ora nella sala d'attesa di Nadia B., una psicoterapeuta che mi è stata raccomandata da una mia amica. Ho già sfogliato tutte le riviste posate sul tavolino, ho contemplato per diversi minuti la stampa di un acquerello appesa al muro, un campo di grano nel quale spicca un papavero di un rosso vermiglio. Al momento resto immobile, ginocchia unite, sforzandomi più che posso di restare calma. Le ultime settimane sono state le più difficili della mia vita, forse. Nel corso dell'infanzia ho conosciuto la sofferenza fisica, è vero, ma la mente non mi ha mai fatto scherzi, al contrario. Bambina costretta all'immobilità, quale ero, l'ho sempre coltivata, controllata, usata per poter sopravvivere, a qualunque costo. E credevo di essere riuscita, malgrado tutto, a costruirmi un carattere solido, una personalità degna di una ragazza con i piedi per terra, diventata una madre e un'impiegata esemplare.

Apparenze, semplici illusioni. Con la tragica morte di Hayat si è spezzato tutto, si è ribaltato tutto. Sono tre settimane ormai che mi sveglio ogni notte di soprassalto, convinta che mia sorella sia lì, in piedi, accanto al letto. Tre settimane che la vedo ovunque: un'immagine fugace, trasparente, e tuttavia terribilmente reale. Hayat è in cucina, al mattino, quando preparo la colazione per Isabelle. Mi aspetta alla fermata dell'autobus, s'introduce nel mio ufficio, compare improvvisamente dietro l'angolo di uno scaffale al supermercato. E ogni volta sussulto, mi sento venir meno, o le vado incontro, tanto è forte l'illusione che mia sorella sia ancora viva... Eppure so bene che Hayat è morta. Così come so, anche, che la follia si sta impadronendo di me. Pazza. Sto diventando pazza. Devo impedire che questo processo arrivi a fagocitarmi la mente, devo farlo per amore di Isabelle. È soprattutto questo il motivo per cui, in questa mite giornata di aprile, sto per iniziare una psicoterapia.

Lo so, sono tanti quelli che confondono terapeuti veri e guru di varia natura. E sono numerosi anche coloro che ritengono che i disturbi della mente non si affrontano – e tanto meno si vincono – con le semplici parole. Ebbene, a tutti questi scettici vorrei dire che si privano di uno strumento utile ed efficace davvero, sempre che il terapeuta che lo utilizza sia un vero professionista, ovviamente. Nadia B. fa parte di questa categoria. Vivace e intelligente allo stesso tempo, delicata e attenta, mi dà subito un senso di fiducia. E grazie alle sue qualità di ascolto e di analisi, mi permette di rimettermi in piedi velocemente. Dopo solo qualche seduta le allucinazioni scompaiono, e posso finalmente iniziare la normale elaborazione del lutto di mia sorella. Restano la mia infanzia, le sofferenze che ho dovuto sopportare, così profondamente nascoste dentro di me che credevo di averle dimenticate. Stesa sul lettino di Nadia B. mi tornano tutte alla memoria, una a una e con loro, l'infanzia intera. Ricordo il sole caldo e splendente che batteva sulla strada, i sandaletti bianchi appena comprati, il buco nero che mi ha inghiottita, la mano di mio padre sulla mia, il sorriso di mia madre dietro la porta con il vetro della mia stanza in ospedale, Hayat e Mohamed che giocavano di fianco al mio letto, i muri verdi della sala operatoria, le giornate passate a guardare il bianco del soffitto, il fuoco che mi rosicchiava le gambe, le lacrime che scivolavano una dietro l'altra sulle mie guance, senza nessuno vicino per asciugarle...

Autunno. L'autunno dei miei ventisette anni. Sono passati diciotto mesi dalla morte di Hayat. Sto meglio. Non ho più allucinazioni. Eppure, malgrado la terapia, che proseguo settimana dopo settimana, resto ancora fragile, disorientata. Soprattutto, non mi soddisfa più questa vita che pure ho impiegato così tanto tempo a costruirmi. Continuo a lavorare nello studio di un commercialista, con uno stipendio ormai adeguato. E quando torno a casa ritrovo mio marito e mia figlia. Tra i compiti, la cena e la favola della buonanotte, il tempo passa velocemente. Nei week-end facciamo delle gite oppure lunghe passeggiate. A volte porto Isabelle al giardino zoologico, rifaccio con lei il percorso già fatto con Bibi, dai recinti degli orsi al parco delle scimmie, passando per il maneggio e il chiosco dello zucchero filato. La faccio salire sugli autoscontri – a lei piace la macchinina blu, io invece preferivo quella rossa, che c'è ancora, la riconosco, anche se l'hanno riverniciata con un tono più vermiglio – e ogni volta che un altro bambino la tampona ride fino a sbellicarsi. Poi scende di corsa e strilla: «Mamma, mamma, adesso le giostre!». La sera si addormenta sfinita, con gli occhi che ancora le brillano; io le rimbocco la coperta e le do un bacio, cosa che mia madre con me non ha mai fatto. Sì, la mia vita è bella. Dovrei esserne felice. Ma più cerco di convincermi, più avverto che mi manca qualcosa, che in me si sta aprendo una sorta di vuoto.

«Malika, che cosa le piacerebbe fare?»

Indubbiamente, Nadia B. ha la capacità di insistere là dove fa male. Perché oggi mi sta facendo proprio questa domanda? Stesa sul lettino, gli occhi chiusi, mi viene in mente di colpo una scena del film *Il bandito delle undici*, nella quale l'attrice Anna Karina cammina sulla spiaggia a piedi nudi, salmodiando: «Non so cosa fare, non so cosa fare...». Ecco, io mi trovo nel suo stesso stato d'animo.

«Ci pensi» dice Nadia, «ci pensi bene. Non le viene in mente niente?»

Sì, in effetti qualcosa mi viene in mente. Il ricordo di un gioco, in rue Pascal. Quanti anni potevo avere? Dodici? Tredici? Ho indosso un bel vestito rosso, rubato a mia madre, e ho riunito intorno a me i miei fratelli e sorelle, che devono recitare come se fossero su un palcoscenico. Io sono la principessa. Djamila il mio principe azzurro. Mohamed ha il ruolo del brigante, Bibi quello del giullare, Hayat è la fata... Ad accompagnare le nostre interpretazioni, un disco di Oum Kalsoum, un ritmo orientale che ci mette tutti di buon umore e ci dà ancora più gusto. Hayat-la-fata brandisce una bacchetta magica fatta con un bastone e una stella di cartone rivestita di carta argentata. Djamila-principe-azzurro brontola perché è travestita da uomo e vorrebbe cambiare ruolo, la principessa dovrebbe farla lei, dice, non io. Bibi-il-giullare saltella di qua e di là facendo mille salamelecchi, poi mette un ginocchio a terra e mi bacia la mano come ha visto fare in televisione, a casa dei vicini. Mohamed-il-brigante sbuca fuori all'improvviso e urla: «O la borsa o la vita!»...

«Lo so cosa vorrei fare.»

Sempre stesa sul lettino, riapro gli occhi e mi volto verso Nadia B.

«Voglio fare teatro. Ma dovrebbe esserci anche della musica. E una bella storia...»

Appena pronunciate queste parole, le mie guance si colorano del rosso della vergogna. Che cavolo sto dicendo? Non sono che una semplice ragioniera. Che cosa mi viene in mente? Che a ventisette anni potrei diventare un'attrice? E attrice di cosa poi? Mai avuta un'idea più ridicola e strampalata di questa.

Eppure, Nadia B. non è dello stesso avviso.

«Del teatro in cui si racconti una storia cantando? Una cosa del genere esiste, Malika. È l'opera.»

Silenzio.

«Se vuole diventare una cantante lirica» aggiunge, «perché non provarci?»

Ancora settembre. Le parole di Nadia mi ronzano in testa. «Se vuole diventare una cantante lirica, perché non provarci?» In generale, l'idea non può che sembrarmi assurda. Come potrei io, una povera algerina ignorante, diventare una cantante, per giunta d'opera? Occorre un talento eccezionale, una voce capace di mandare in estasi il pubblico come Maria Callas, che ascoltavo in rue Pascal di nascosto, perché mia madre diceva che "strillava". Quelle donne fanno parte di un altro mondo, un universo nel quale non avrò mai alcun posto. Eppure, certe volte non ne sono così sicura. Niente è impossibile, io questo lo so bene. Avrei dovuto restare paralizzata, e invece cammino normalmente. Sono diventata ragioniera, quando invece mia madre mi ripeteva sempre che ero stupida. E sono anche diventata mamma smentendo i medici, secondo i quali non avrei mai potuto avere figli. E allora perché non dovrei diventare una cantante lirica? Se lo desidero davvero, se faccio di tutto per arrivarci, può mai essere che non ci riesca?

13

Requiem aeternam dona eis,
Domine,
Et lux perpetua luceat eis.

Le prime frasi del requiem di Mozart si alzano nella cappella gremita, un canto d'amore e di speranza, che mi trasporta in un altro mondo. È una serata invernale, sto cantando nel coro del municipio del XVIII arrondissement, e nemmeno se fossi da sola sulla scena potrei essere più felice di così. Perché la mia voce si alza, e anche se mischiata alle altre, il suo librarsi mi dà una sensazione di onnipotenza. La produco d'istinto con il ventre, attraverso una inspirazione profonda, poi con un fremito di piacere lascio che salga lungo la gola, fino a sentirla espandersi nell'aria fredda della piccola chiesa, raggiungere i rosoni minuziosamente decorati. La mia voce è viva, canta la gloria di Dio. Poi tace per lasciare spazio a quella del soprano.

Te decet hymnus, Deus, in Sion,
et tibi reddetur votum in Jerusalem; ...

Un istante di silenzio e riprendo insieme al coro.

Kyrie eleison
Christe eleison
Kyrie eleison

Dentro di me sento aumentare l'emozione, diventare così forte da non poter impedire che due grosse lacrime scivolino lentamente sulle mie guance. Questa *Kyrie*, quante volte l'ho cantata insieme alle suore nella mia infanzia? E quante volte poi l'ho sussurrata da sola, di sera, in rue Pascal, per implorare Cristo di avere pietà di me? Centinaia? Migliaia? Non ha importanza. Quello che conta è che sono stata esaudita. Perché Cristo – o Allah, quale che sia il nome che gli viene dato – ha ascoltato le mie preghiere. Certo, non sono una cantante lirica, non ancora. Ma intanto sto cantando, consapevole che ciò mi rende felice.

Il canto. La musica. Il solfeggio. La mia vita ormai è fatta di questo, la mia vita vera intendo, pur continuando a essere ragioniera e madre di famiglia, e moglie di Jacky. Da quella famosa seduta di psicoterapia, la mia aspirazione è cresciuta fino a diventare l'essenza stessa del mio essere. Un passo alla volta, ho iniziato a realizzarla. Per cominciare sono stata ammessa in un coro, nel quale ho imparato di nuovo i canti della mia infanzia e ho scoperto il solfeggio, un mondo sconosciuto fatto di segni astrusi. Inoltre ho potuto mettere alla prova la mia voce, in una gamma di tonalità via via sempre più ampia. E oggi, per la prima volta, in questa chiesetta, sto cantando davanti a un pubblico. Benevolo e compiacente finché si vuole, ma pur sempre un pubblico...

Dies irae, dies illa
solvet saeclum in favilla, ...

La mia voce sale, verso il cielo. E mentre pronuncio queste parole sacre faccio un giuramento a me stessa: che il mondo sia ridotto in cenere se mai pensassi di tornare indietro. Che la collera divina si abbatta sulla mia persona se mai rinunciassi al mio sogno. Ormai so cosa voglio, so cosa brucia in me. E giuro anche che nessuno si metterà di traverso sul mio cammino, che nessuno mi farà tacere...

1985 Mi sono iscritta ai corsi serali della scuola di canto di Stéphane Caillat. Ma fin dalla prima lezione ricevo una vera doccia fredda. Le altre sei allieve del corso sono delle autentiche smorfiose; quando passo, mi squadrano e sogghignano. Cos'è, il colore della mia pelle che le disturba? O forse il mio nome, tanto per cambiare? Comunque sia, la lezione non è ancora cominciata e ho già capito che tra loro e me le cose prenderanno rapidamente una brutta piega.

«Ciao» mi dice perfidamente Lydia, una bionda carina con gli occhi azzurri. «Sei appassionata di musica?»

«Da quando?» aggiunge Sylvie.

«E hai già fatto qualche scuola?» prosegue Nadine.

«Quale?» chiede Sonia, e intanto le altre dietro si danno di gomito con dei sorrisetti complici.

Per qualche momento ho avuto l'impressione di essere tornata al passato, precipitata in quella scuola dove ho sofferto così tanto. Ma non ho più dodici anni: ho tutta l'intenzione di non lasciarmi sopraffare. Sì, la musica è la mia passione. Non ho mai preso lezioni di canto fino a ora, è vero, ma conto di rifarmi, di mostrare a queste stupide che se al momento loro sono più avanti di me, io non tarderò affatto a raggiungerle.

Ahimè, quando mi sente cantare la prima volta, Virginia, la nostra insegnante, aggrotta le sopracciglia.

«La tua voce non è impostata bene» mi dice.

Le altre mormorano tra di loro; alcune si fanno pure scappare una risatina. Le vedo scambiarsi occhiate d'intesa, divertite.

«In sostanza» dice Nadine, la più sfacciata, «è stonata...»

«Effettivamente...» le concede Virginia. Poi però si volta di nuovo verso di me e aggiunge: «Ma è una cosa che si corregge, con l'esercizio!».

Esercitarsi. Ecco quello che faccio nei successivi sei mesi. Lavoro sodo, senza posa, durante le lezioni e anche a casa, dove continuo a fare gli esercizi di respirazione. E se mi vengono dei dubbi, dei timori, non lo do mai a vedere. Per le altre allieve del corso io sono "la futura cantante lirica stonata". Forse è vero, ma giuro a me stessa che presto non sarà più così. E poco alla volta, giorno dopo giorno, faccio progressi. All'inizio non si notano quasi; ma Virginia, con il suo orecchio allenato, mi conferma che è così: la mia voce, piano piano, si sta schiarendo...

«Malika, non si può andare avanti così. Non ci vediamo più.»

Chiodo scaccia chiodo, si dice. Un detto che nel mio caso si sta verificando. Alla scuola di canto le cose vanno meglio. A casa, Jacky protesta. Tra le sedute di terapia, la scuola, gli esercizi di solfeggio, il flauto dolce – mi sono messa in testa di imparare a suonarlo – e il mio lavoro, sono fuori casa davvero molto spesso. E anche quando ci sono, ho la testa altrove. Sto trascurando mio marito, cosa che lui mi rinfaccia amaramente. Tuttavia, questo non è nemmeno il lato peggiore della situazione; il lato peggiore è Isabelle, anche lei trascurata abbondantemente. La sera, per andare a lezione, la lascio a uno o all'altro dei miei amici. E quando torno la trovo che piange. «Mamma, mamma» mi dice, «perché non ci sei mai?» Cerco di consolarla meglio che posso. Le spiego che anche se non sono più molto presente non vuol dire che non la pensi, anzi. La stringo forte, le sussurro all'orecchio: «Isabelle, sei la mia bambina, sei la cosa che amo di più al mondo. Vorrei starti sempre vicino. Ma ho bisogno di fare delle cose, in questo periodo, lo capisci?».

No, naturalmente. Isabelle non capisce. E a vedere le lacrime che le scendono lungo le guance sento crescermi dentro un forte senso di colpa. Ho davvero il diritto di trascurarla, di trascurare la mia famiglia, per imparare a cantare? Non avrò forse preso una strada sbagliata? È un interrogativo che mi tiene sveglia la notte; e anche di giorno, continua a ronzarmi in testa. Ma continuo, bene o male vado avanti, dedico un po' più di tempo a mia figlia, torniamo a fare delle passeggiate, la domenica, al giardino zoologico, ma continuo anche a seguire la mia strada. Ascolto le opere di Verdi, di Strauss, di Bizet, approfondendone al contempo la conoscenza con i libri a loro dedicati. Mi iscrivo a un corso di ballo, un'attività in più, alla quale Isabelle può assistere, ma che manda Jacky fuori di sé.

«Se non stai un po' più di tempo con me» mi dice, «chiedo il divorzio.»

Il divorzio? La parola mi arriva come uno schiaffo. Il dolce, tenero Jacky, l'innamorato Jacky, è giunto al limite. Io non posso rinunciare alla mia passione; ma non sono nemmeno pronta ad accettare che la nostra coppia vada in frantumi. Non mi resta che cedere, e tentare di riconciliarmi con mio marito.

Aprile. Tempo di vacanze, di ferie che dovrebbero riavvicinarci, Jacky e me. Abbiamo affittato uno chalet dalle parti di Chamonix, contiamo di fare delle belle escursioni. Lo scenario alpino, intorno, è splendido: i picchi maggiori si stagliano contro l'azzurro intenso del cielo, uno scenario davvero cinematografico, stupefacente. Seguiamo i sentieri che si arrampicano sugli alpeggi, e poi, con le teleferiche, ci avviciniamo alle vette più alte. Saliamo fino alla cima del Midi, una specie di piattaforma che domina il mondo; lassù, per la prima volta dopo tanto tempo, Jacky torna ad abbracciarmi, e io stringo a me anche la piccola Isabelle. Siamo di nuovo uniti, una famiglia felice, che una volta giunta l'ora di cena, se ne va a mangiare una gigantesca *raclette*.

«Domani» dice Jacky, «andiamo a vedere il Mare di Ghiaccio.»

Per dieci giorni il mondo ci è amico, un mondo fatto di paesaggi superbi, di aria purissima, di passeggiate nel corso delle quali, estasiata, constato quanto il mio corpo sia capace di obbedirmi. Eppure, anche nei momenti più belli, qualcosa, di nuovo, mi manca, ricomincia a scavarsi dentro di me un vuoto, che posso riempire solo con la musica...

Un mese dopo l'altro, un anno dopo l'altro, il tempo passa, la vita continua. Da tempo ormai non stono più, e da tempo, anche, ho chiuso la bocca alle sei stupide che vengono a lezione con me. Le ho superate, la mia voce adesso è molto più sicura delle loro. Virginia mi ha persino proposto delle lezioni speciali, tanto è convinta delle mie possibilità.

«Sai» mi ha detto, «potresti arrivare molto lontano se volessi.»

Molto lontano? Forse. Ma intanto vado a fare un week-end da innamorati con Jacky. Il programma: aria pura, escursioni, qualche arrampicata e caminetto acceso. Questo, almeno, in teoria. Di fatto, scopro in fretta, c'è ben altro: senza dirmi nulla, Jacky ha organizzato un volo in deltaplano...

Uno spiazzo che termina in un dirupo e oltre, il vuoto. Un vuoto da far girare la testa, tanto è profondo. Stando all'istruttore, bisogna correre verso il dirupo – con lui accanto, naturalmente – spiccare un gran salto e restare poi a fluttuare in aria, a volare in base al gusto del vento. Di fianco a me, Jacky lo ascolta estasiato. Io cerco di essere partecipe, ma so perfettamente che mai e poi mai sarei capace di lanciarmi nel vuoto. Resta da spiegarlo a mio marito, e sopportare poi il suo sarcasmo. E invece, niente del genere; non si arrabbia, non mi dice nemmeno che sono una "fifona". Al contrario, mi spinge quasi a rinunciare.

«Non fa niente» dice. «Torna giù. Ci vediamo in albergo.»

Sollevata, gli do un bacio e mi avvio. Ma poi ci ripenso, resto ancora un attimo, giusto per vederlo decollare. E capisco subito il perché della sua gentilezza: una bella ragazza bionda con gli occhi verdi, che oltretutto – lei no – non soffre affatto di vertigini.

«Vedi, Malika, quella ragazza ha davvero del coraggio.»

Le otto di sera. Il ristorante ha appena aperto. Io e Jacky siamo seduti uno di fronte all'altra. Il fuoco delle candele sulla tavola conferisce ai nostri volti un'aureola di luce. Ma tra noi non c'è un'atmosfera romantica, tutt'altro. Da quando ci siamo seduti non fa che parlarmi di Sophie, la bionda con la quale ha condiviso la sua prima lezione di volo in deltaplano. C'è da pensare che se ne sia innamorato... All'inizio mi sforzo di non innervosirmi; ma io – lo si sarà capito – non ho una natura paziente. Anche se resto in silenzio, lentamente, inesorabilmente, la rabbia mi sale al volto e mi accende le guance, facendo brillare gli occhi. Jacky mi conosce bene; un'altra sera, probabilmente, avrebbe capito in fretta che sarebbe stato meglio cambiare argomento. Non questa sera. Continua a parlare di Sophie, tanto che alla fine, esasperata, mi alzo e lo pianto lì da solo. Una banale scenata di gelosia? No. Piuttosto il concretizzarsi di un malessere che regna tra di noi già da molto tempo. Qualche settimana più tardi faccio una regolare istanza di divorzio e lascio l'appartamento di Cachan per un trilocale alle case popolari di Bagneux. Mi sento triste. Isabelle è triste. Jacky sembra disperato, ma so che in fondo approva la mia decisione. La nostra storia è finita.

Bagneux. Ho finito di sistemare l'appartamento, per me e Isabelle. Pochi mobili, grandi manifesti alle pareti e tanti fiori, sia in vaso sia in bouquet. La camera della bambina rigurgita di giochi mentre la mia è piena di spartiti musicali. Un solo problema: i vicini non sembrano apprezzare la mia voce. Una sera, mentre sto facendo dei vocalizzi, uno di loro si mette a tirar pugni alla porta. Poi, siccome non smetto, ci fa scivolare sotto un foglietto incendiato. Lungi dall'impressionarmi, la cosa mi fa montare una rabbia tremenda. Spengo il foglietto ed esco, ma sul pianerottolo non c'è più nessuno. Allora mi metto a urlare: «Andate a farvi fottere! Continuerò a cantare quanto mi pare!».

Ed è quello che faccio. Al mattino, quando esco di casa, fino alla fermata dell'autobus. A mezzogiorno, al parco, mentre mangio un panino. E poi la sera, quando rientro, insieme a Isabelle, che ci prende gusto. Anche lei ama la musica, proprio come sua madre. Si esercita al flauto traverso, ascolta le mie opere preferite rannicchiata di fianco a me, e certe sere, quando non ho nessuno a cui lasciarla, assiste volentieri alle mie lezioni. In questi momenti sento di stare bene così; mai più, dico a me stessa, condividerò la mia vita con un uomo...

Eppure... Senza che io ne sappia nulla, ce n'è uno innamorato di me da tantissimo tempo. Si chiama Christian, è il compagno di una mia amica. Hanno una bambina, Noemi, della stessa età di Isabelle. Siamo molto legati, spesso facciamo dei week-end insieme, e anche delle vere e proprie vacanze. A volte mi capita di mangiare nel loro ristorante, una "bettolaccia" che hanno chiamato «I piedi nel piatto». Mai, in nessuna occasione, mi è capitato di notare il sentimento di Christian nei miei confronti, nemmeno dopo che ha lasciato la sua compagna mi rendo conto che lo ha fatto proprio perché innamorato di me. Continuo a vederlo come un "caro amico", come un "fratello". Quando gentilmente mi offre di andare a passare il fine settimana da lui, a Saint-Mandé, accetto volentieri. Ha un grande appartamento circondato dal verde, dove posso fare in tutta tranquillità i miei vocalizzi...

Ho concluso il ciclo di lezioni alla scuola di canto. Virginia, che ha trovato in me una delle sue allieve migliori, mi suggerisce di puntare più in alto, di iscrivermi al Conservatorio internazionale di Parigi. Ma non so decidermi. Il Conservatorio è una vera scuola di musica. Io amo cantare, la mia voce si è plasmata, ho acquisito i rudimenti del solfeggio; ma da qui a intraprendere uno studio con dei professionisti è un passo enorme. E poi c'è la mia età: ventinove anni, un'età che m'impedirebbe di ambire a una "carriera", almeno stando ai canoni in vigore...

Non so quante volte sono già passata davanti all'edificio del Conservatorio, un palazzo rococò, con la facciata rivestita di legno e fiancheggiata da una torretta medievale. Ogni volta giuro a me stessa che è la volta buona, che stavolta entro. Ma poi, arrivata davanti al portone d'ingresso, non ce la faccio e tiro dritta. Un avanti e indietro ridicolo, che per fortuna non viene notato da nessuno, come del resto nessuno mi vede spiare gli allievi che, loro sì, varcano il portone con passo deciso. Li osservo con attenzione, valutando in particolare l'età, l'aspetto – «quello sembra uno della banlieue...» – e la classe sociale. In realtà, i più appartengono alla classe media, poi c'è qualche proletario. Nessun arabo, nessun nero. Il che mi scoraggia ancora di più...

Giugno, un martedì. È mezzogiorno. Mi sono presa una pausa in ufficio e per l'ennesima volta sto gironzolando davanti al Conservatorio, affascinata come sempre dalla sua facciata di legno verniciato e dalla torretta magnificamente rifinita, ma più che altro sono ancora qui a guardare il balletto di chi entra e chi esce. Poi, d'un tratto, mi avvicino. Chi sta guidando i miei passi? Chi mi sta dando il coraggio di arrivare fino alla porta d'ingresso? Qual è il motivo esatto per cui alla fine, pur senza respiro e con le guance incendiate, riesco a entrare? Non lo so, davvero. Ma l'ho fatto, ho finalmente superato quel benedetto portone! E la segretaria alla quale chiedo le prime informazioni mi precisa che né la mia età, né il sesso, né il colore della mia pelle possono essere d'ostacolo all'iscrizione. Il contrario, del resto, sarebbe stato uno scandalo, anche se di scandali simili ce ne sono molti, ancora oggi.

Settembre. Riaprono le scuole. E la riapertura, quest'anno, riguarda anche me. Per dirla in una parola soltanto, sono entusiasta. Per la prima volta frequento una scuola che mi piace, il cui programma non mi spaventa affatto. Intanto il solfeggio: tempo, metronomo, corona, pulsazione; poi le note, minima, semiminima, breve, semibreve, croma, biscroma eccetera, la suddivisione dei valori, duina, quartina, quintina, sestina, terzina; misura, anacrusi, sincope... Poi le sette note, acute, gravi, il diapason, le chiavi, le pause, le alterazioni, bequadro, bemolle, diesis e via dicendo. Roba concreta, impegnativa, complicata, per una quasi principiante come me... In confronto a tutto questo, lo studio della storia della musica è più o meno una ricreazione. Rimane, ovviamente, la parte migliore, vale a dire il canto, esattamente ciò che sono venuta a imparare. Il guaio è che la professoressa non tarda a farmi capire che detesta i brutti anatroccoli come me.

Di cognome fa Deschornia, il nome non l'ho mai saputo. È una cinquantenne magra magra. Il viso affilato, gli occhialini rettangolari e la crocchia di capelli sale e pepe le danno l'aspetto di una zitella. Lo sarà veramente? Impossibile saperlo. La mia nuova insegnante di canto è una di quelle persone che tengono sempre le distanze, in ogni circostanza; la sua conversazione non esce mai dal quadro dell'insegnamento. E il nostro primo incontro, ahimè, è un disastro, perché anche stavolta, tra tutti gli studenti, sono l'unica "abbronzata". E l'unica, inoltre, proveniente dai quartieri popolari. Probabilmente è proprio per questo che subito, con tono ironico, mi dice: «Allora, Ma-li-ka, lei è proprio interessata alla musica?».

Sì, la musica mi interessa e mi appassiona. Altrimenti non vedo proprio cosa ci verrei a fare qui, in quest'aula con le pareti rivestite di tessuto beige e il parquet lucidato impeccabilmente. Ma glielo dico con voce dolce, tranquilla, attenta a non mostrarle fin dall'inizio che, in fondo, delle persone come lei io so già tutto. Solo che, come c'era da aspettarsi, la mia umiltà non disarma affatto la sua vaga malevolenza. Decisamente, la signora Deschornia è di quelle persone cui non piacciono i "metechi". Me lo farà capire in qualunque occasione, peraltro senza mai attaccarmi in maniera diretta.

Sarà probabilmente la cosa per me più difficile da sopportare, in questo primo anno di studi, un razzismo larvato, mai espresso davvero, al quale io stessa mi sforzo di non credere. Se la signora Deschornia mi guarda male, un po' troppo dall'alto in basso, evidentemente lo fa perché non sono brava come gli altri, non perché sono scura di pelle. Così m'impegno al massimo per recuperare, per alzare il mio livello. A ogni lezione, preparata scrupolosamente a casa, faccio del mio meglio per piacerle, per piacere al "dragone", come l'ho soprannominata. A volte canto bene, altre meno, ma sempre mettendoci ardore e applicazione. Non ricevo mai nessun complimento, pazienza, me ne faccio una ragione. Dopotutto, sto studiando per me stessa; il resto mi è indifferente.

E comunque, dei complimenti della signora Deschornia non ne ho bisogno. Nella mia vita ormai c'è un uomo. E per quanto inverosimile potesse sembrarmi, quest'uomo è proprio il mio "caro amico", il mio "fratello", il mio amatissimo Christian...

14

Ogni volta che racconto il modo in cui alla fine Christian mi ha "rimorchiata", muoiono tutti dal ridere. Perché solo una tonta come me poteva cadere nel suo – piacevole – tranello. Era una domenica, una delle varie passate a Saint-Mandé. Tornavamo da una passeggiata nei dintorni, e a un certo punto mi ha detto: «Malika, sai cos'è la gestalt?».

La gestalt? Sì, so cos'è, almeno vagamente. So che si tratta di una forma di terapia basata essenzialmente sui giochi di ruolo, ma anche su quelli del corpo. Non vado matta per queste cose, ma non sono nemmeno ostile. Di fatto, mi piace scoprire e cercare di capire un po' tutto. Perciò, quando Christian inizia a spiegarmi più in dettaglio di cosa si tratta, non ci vedo niente di strano e ancor meno di sospetto.

«Mettiti di fronte a me» mi dice.

Detto, fatto. Mi metto di fronte a lui, con le spalle ben dritte.

«Adesso» continua, «chiudi gli occhi.»

Ubbidisco di nuovo, come un bravo soldatino.

«Tendi le braccia e rivolgi il palmo delle mani verso di me. Ben dritte, mi raccomando.»

D'accordo. Fatto. Aspetto il seguito. E sento i palmi di Christian aderire sui miei, un contatto dolce e allo stesso tempo deciso, insistente, che mi fa venire un brivido. Il contatto con la sua pelle mi piace, ma prego che non se ne accorga. Christian è un amico, non vorrei mai guastare la relazione fraterna che ho con lui. Una relazione fraterna: è proprio così? A sentire le sue mani muoversi sulle mie con un lento movimento circolare inizio a non esserne più tanto sicura. È un uomo davvero molto attraente, e lui questo lo sa bene. Cosa devo fare? Interrompere il contatto? Lasciarlo continuare? Non ho nemmeno il tempo di prendere una decisione: è più rapido lui a unire le sue labbra con le mie...

L'amore non avvisa. E anche il mio per Christian ubbidisce a questa regola. Da quel primo bacio, Malika l'orgogliosa, la distaccata, l'indifferente, si ritrova nel gorgo di una passione improvvisa, e forse anche inopportuna. Certo, sono felice di vibrare all'unisono con il corpo del mio amante, un amante che riesce a emozionarmi come se fosse il primo. E tant'è, non mi fido. Gli uomini, lo so per esperienza, non mi amano mai a lungo. C'è stato Patrick. C'è stato Jacky. Ce ne sono stati altri, in seguito, fidanzati anche per un solo giorno, accettati in fretta e altrettanto in fretta scaricati. E adesso c'è Christian. Ma chi si crede di essere per dirmi che sono la donna della sua vita? Non merito una tale importanza, non sono così amabile. Piccola, magrolina, cicatrici su tutto il corpo, notti infestate da incubi, un'infanzia spezzata che mi ossessiona, una famiglia di pazzi nella quale sono nata... Perché mai Christian dovrebbe amarmi? E comunque, anche se fosse possibile, è fuori discussione che io condivida ancora la mia vita con un uomo. Tutto quello che voglio è continuare a crescere mia figlia e cantare, ed è proprio quello che gli dico e gli ripeto. Ma la mia è una lotta persa in partenza, lo so io stessa. Perché se di Patrick sono stata innamorata, se per Jacky ho avuto un sentimento di tenerezza, per Christian brucio di passione intensa. Quest'uomo è per me un amico, un amante, un fratello gemello. Sa tutto di me senza che io gli abbia detto niente, intuisce i miei pensieri, sdrammatizza i miei momenti di rabbia, dimostra pazienza infinita davanti ai miei rifiuti sgarbati. Alle sue parole d'amore oppongo delle alzate di spalle, mi chiudo in un ostinato silenzio quando mi parla del futuro, ma lo so bene: è tutto vano. Christian non ha intenzione di cedere, non vuole rinunciare a me e alla vita che immagina al mio fianco. Così, poco per volta, giorno dopo giorno, mi lega sempre di più a sé. E alla fine ottiene quello che vuole: accetto di trasferirmi da lui, a Saint-Mandé. Ma aggiungendo: «Almeno qui potrò cantare senza che qualcuno mi dia fuoco alla porta!».

Cantare. È quello che continuo a fare, ma è sempre più difficile. Non è soltanto la voce che devo controllare, educare, far progredire, ma anche la mente, ancora lontana da quella delle mie compagne. In confronto, io non so niente, né l'italiano, né il tedesco, né il solfeggio. E non ho mai posato le dita sui tasti di un pianoforte. Un handicap serio quando si è tra ragazze che fanno scale dall'età di cinque anni... A casa – a casa mia, a casa di Christian, non so ancora bene come chiamarla – ho un piccolo xilofono, sul quale mi esercito. Ma le sue due ottave non possono che lasciarmi insoddisfatta. Vorrei una tastiera vera, con una gamma di suoni dal cavernoso al cristallino. Vicino alla scuola, proprio all'angolo della via, c'è un negozio specializzato nel quale troneggiano dei magnifici pianoforti, sia a coda sia verticali. Ogni volta che ci passo davanti mi fermo a guardarli, incantata come una bambina davanti a una vetrina di Natale. E ogni volta mi faccio i conti per arrivare sempre alla stessa conclusione: non posso permettermi uno strumento del genere. Tanto vale rassegnarsi, fare una croce sopra le mie ambizioni.

Ma un giorno, è più forte di me: entro nel negozio. L'odore particolare che regna all'interno – cera e lavanda – mi dà un fremito di letizia. Passo da un pianoforte all'altro, apro i coperchi, scopro i tasti di un bianco perfetto o color crema, li sfioro con la mano: un ghiottone dentro una pasticceria... La cosa non sfugge al proprietario, che viene verso di me. Una mezz'ora dopo, l'affare è fatto. Sono proprietaria di un piano verticale, comprato a rate, che peseranno gravemente sul mio budget, ma chi se ne importa. Ho superato un'altra tappa sulla mia lunga strada.

Resta da capire dove potrei arrivare. Sono già diversi anni che prendo lezioni, prima alla scuola di canto e poi al Conservatorio internazionale. Ho fatto miei tutti gli insegnamenti, diplomi alla mano. E adesso, cosa fare? Quando glielo chiedo, la mia "cara" signora Deschornia stringe le labbra.

«Davvero, Malika, lei vede per sé un futuro nella musica?»

Lungi dal dissuadermi, l'osservazione mi fa piuttosto

l'effetto di una sferzata. Insomma, tanto per cominciare sono uscita da un ambiente "sfavorito", come si usa dire per pudore, perciò del tutto cretina non devo esserlo. Ma ho anche capito di essere molto dotata, più della maggior parte delle mie compagne di corso. Tra loro e me, la sola differenza è che loro hanno la carnagione bianca e gli occhi chiari, il che facilita enormemente le cose. Pazienza. Razzismo o no, intendo andare avanti. E Christian, che è dello stesso avviso, m'incoraggia calorosamente a fare il concorso per entrare alla "Ecole Normale de musique" di Parigi, un prestigioso istituto fondato circa novant'anni fa da Alfred Cortot in un magnifico e caratteristico palazzo Belle Epoque. E quando con un sorrisetto ironico gli dico: «La Normale di musica, tutto qua?», lui, giocondo, risponde: «Sì, tutto qua!».

Una stanza immensa, dai toni rossicci, con file di poltroncine bordeaux. E un'ampia pedana, davanti a me, che mi attende. Sono nell'aula Cortot, dove si svolgono le audizioni dei candidati al Magistero. Questa volta ho la sensazione di passare in un altro mondo, un universo lontano anni luce non solo da quello nel quale sono cresciuta, ma anche da quello in cui vivo nel presente. Superata la bidonville delle Margherite e le sue musiche orientali. Superata la miseria dei suoi bambini randagi per strada, l'ignoranza degli adulti, il razzismo, i conflitti, la guerra. Tutto ciò è alle mie spalle, lontano, come i letti degli ospedali, il cortile fangoso della scuola, le irrisioni di mia madre, delle insegnanti, e anche gli sguardi condiscendenti dei miei vari datori di lavoro. In questo posto tutto appare immenso, maestoso, pieno di solennità. Sono entrata in un tempio, quello della musica, insieme ai suoi sacerdoti. Mi guardo intorno e dico a me stessa che se verrò ammessa, allora un giorno – un giorno! – salirò anch'io su un palcoscenico, con un lungo vestito rosso, a cantare la *Carmen*...

Ma intanto, devo salire i tre gradini della pedana e mi si torce lo stomaco, come è successo per tutta la notte. Ho mal di pancia, il cuore in gola, la fronte coperta di sudore. E le cose vanno anche peggio, se possibile, quando arriva Caroline Dumas, una delle mie future insegnanti, e mi fa un cenno di saluto.

È la prima volta che la vedo; tuttavia, questa bella donna dal portamento altero per me non è affatto una sconosciuta. Nel suo campo, Caroline è una star. Canta Puccini, Duparc, Fauré, Bizet, Verdi. Ha interpretato Mimì ne *La Bohéme*, Isolina nell'opera di Messager, Margherita nel *Faust*. È stata l'Antonia dei *Racconti di Hoffmann*, ha creato in Francia la Lulu di Berg sotto la direzione di Manuel Rosenthal. Insomma, Caroline è una delle "grandi" cantanti liriche di oggi ed è lei che tra poco mi ascolterà e deciderà se sono all'altezza, se sono degna di essere ammessa alla Normale.

Ancora oggi, quando ci ripenso, posso sentire quel senso di panico che mi ha invasa nel momento in cui mi sono trovata di fronte a lei, sulla pedana. Credevo che non sarei riuscita a tirar fuori alcun suono dalla bocca. Sì, finirà proprio così, pensavo, aprirò la bocca per emettere la prima nota del pezzo che ho scelto io stessa – *Stride la vampa*, di Verdi – e resterò afona; dovrò andar via, tornarmene a casa, rossa di vergogna; sarà la fine di ogni mia speranza; non mi resterà che fare la ragioniera per il resto dei miei giorni, ascoltando per magra consolazione le opere che avrei tanto voluto cantare...

Ma non è ciò che avviene, tutt'altro. Salgo sul palchetto, raggiungo il pianoforte, faccio segno di essere pronta. E nel riempirmi d'aria i polmoni dimentico tutto quello che mi circonda. Alle prime note del pianoforte le parole si aprono un varco tra le labbra e riempiono l'aula tutta illuminata, dall'acustica impeccabile. E ancora una volta, come ogni volta che canto, il miracolo si compie. Non sono più Malika, la piccola araba educata dalle suore che continua a cercare se stessa senza trovarsi, ma l'eroina di un'altra tragedia, quella della zingara Azucena. In questo momento non sono più in piedi sul palchetto dell'aula Cortot; sono seduta accanto a un fuoco, sto piangendo mia madre bruciata viva sul rogo, vedo il suo corpo torcersi nelle fiamme, sento le sue urla di dolore, e la mia voce restituisce fedelmente la sua sofferenza, il suo odio, la sua passione...

Quanto tempo dura l'audizione? Tre minuti? Cinque? Dieci? Non lo so. L'unica cosa di cui sono certa, quando torna il silenzio, è che Caroline Dumas ha ascoltato con la massima attenzione. Sarà rimasta colpita dalla mia voce? O piuttosto dal fervore che ho messo nell'interpretazione? Comunque sia, sembra estasiata. Fa un gran sorriso, poi pronuncia le parole che sto aspettando: parole miracolose, che mi aprono le porte.

«Bene, Malika. La sua voce contiene delle belle promesse. È ammessa...»

Dalla riapertura delle scuole, nel settembre 1989, non faccio altro che correre. Correre a scuola, innanzitutto, per lasciarci Isabelle dopo averle fatto fare colazione a tutta velocità. Poi correre al lavoro: sono appena stata assunta in una piccola azienda il cui proprietario ha piena fiducia in me e mi ha concesso, nei limiti del possibile, di rivedere l'orario. Arrivo e mi immergo subito nel lavoro: scadenze, pagamenti di fatture, consuntivi, a seconda del periodo. Calcolo, smisto, classifico, ed è già mezzogiorno, l'ora della pausa. Una pausa che mi permette di correre al vicino parco Monceau – se il tempo è bello, se no in un bar – dove sbocconcellando un panino ripasso la lezione. Il solfeggio è ancora uno dei miei problemi, e a questo livello si tratta di una difficoltà importante. A volte, di fronte a certi spartiti, ho come l'impressione di essermi perduta in una foresta i cui alberi sono crome o biscrome minacciose, e il sottobosco un esercito di sospiri, di pause, di mezze pause, pronto a ferirmi al minimo passo falso. Così, in attesa di tornare alle fatture e ai consuntivi, seduta sulla mia solita panchina mi sforzo di decifrare con la massima precisione lo spartito, di analizzare, di capire...

Le cinque del pomeriggio. L'ora di correre alla fermata per non perdere il bus. Direzione: la Normale. Durante il tragitto, spartito in mano, ripasso ancora. A volte mi metto persino a cantare a mezza voce, tra lo stupore in quelli che mi stanno accanto. Venti minuti e sono arrivata. Si parte con il solfeggio, poi il pianoforte, e infine, finalmente, la mia ricompensa: la lezione di canto, con Caroline Dumas.

«Malika» mi dice fin dalla prima lezione, «la voce ce l'hai, questo è sicuro. Ma è ancora impacciata, e a volte stonata. Se la vuoi portare al suo registro migliore devi ascoltarmi. Per cominciare...»

Carolina prende un respiro profondo, mi gira intorno, mi guarda.

«...devi prendere confidenza con il solfeggio. Ti darà la libertà, potrai leggere invece che decifrare, e dedicarti unicamente alla tua voce.»

Fa una pausa. Io non dico niente, maledetto solfeggio...

«So che hai qualche problema in quel campo» insiste. «Potresti prendere delle lezioni di sostegno.»

È un'idea. Resta però il fatto che bisogna pagarle. Non dico nulla, eppure Caroline sembra leggere nei miei pensieri.

«Conosco qualcuno che potrebbe darti delle lezioni per una cifra modesta» continua, «una mia ex allieva.»

Va bene, vada per le lezioni di solfeggio. Sempre restando in silenzio, le programmo mentalmente per il sabato.

«Poi» dice ancora, «devi approfondire la tecnica vocale, e non dimenticare mai di fare gli esercizi di respirazione.»

Conosco già quegli esercizi. Si fanno stesi a terra e poi contro una porta, le braccia sollevate all'altezza delle spalle. Inoltre si deve "fare il gatto", cioè mettersi a quattro zampe e alzare la testa per sentire bene il tronco, la colonna vertebrale, incavando al contempo le scapole. Infine viene la ginnastica in apnea, per affinare il respiro.

«Dopo, e soltanto dopo» prosegue Caroline Dumas, «vengono le scale.»

Do re mi fa sol la si do... Quante volte al giorno canto quelle note? Quante volte le suono al piano, lentamente, più veloce, molto veloce, con dei diesis, dei bemolle, delle pause, delle crome, delle biscrome? Le scale. Sì, promesso, mi eserciterò con le scale.

«Una volta fatto questo, puoi passare allo spartito» conclude Caroline. «Ma attenzione.»

S'interrompe di nuovo.

«Devi essere sicura di capire le parole del testo, che sia in italiano, in tedesco o persino in serbo-croato. Non m'importa se non conosci nessuna lingua straniera. Trovati un dizionario, un'enciclopedia, quello che ti pare, ma fai tua fino in fondo l'opera che devi cantare, una volta per tutte.»

D'accordo. Studierò il tedesco, e poi anche l'italiano. Lo farò con le scuole per corrispondenza CNED che conosco già, ho studiato ragioneria nello stesso modo. Dopotutto, volere è potere.

«Poi» conclude Caroline, «potrai iniziare a cantare. Ma bada bene, quando canti devi lasciarti coinvolgere dalle immagini...»

Lasciarmi coinvolgere dalle immagini. Questo lo capisco bene. E Caroline, che sembra aver scoperto tutti i miei segreti, intende farmi studiare sulle opere che più mi toccano dentro. Comincia con la meravigliosa *Dunque lasciami piangere* di Haendel, che suscita in me il ricordo delle violenze subite durante l'infanzia, ma è anche un canto di giustizia e di libertà. E prosegue con *Mio dolce ardor*, per impormi poi *Amadis*, di Lully...

Amore, cosa vuoi tu da me?
Il mio cuore non è fatto per te [...]
Voglio ispirare solo paura e orrore.
Amore, cosa vuoi tu da me?
Il mio cuore avrebbe troppa pena
a seguire la legge della dolcezza...

Canto. E di colpo rivivo tutto quello che ho subito, quando Patrick mi ha lasciata, quando Jacky mi ha delusa. È un testo doloroso, pronuncio le parole con tutta la rabbia e la disperazione che sono in me, arrivando persino a detestare Caroline per avermi inflitto questa tortura. Ma allo stesso tempo esulto, perché finalmente il mio dolore trova le parole per esprimersi, fino alle lacrime. È una vera liberazione. Piango e mi sento felice, mi sento come un arcobaleno, un fenomeno che si presenta solo quando il sole e la pioggia si fondono l'uno con l'altra, intimamente. Sì, è davvero così. Sono allo stesso tempo viola e verde, bianco e rosso, e anche azzurro. Unisco in me culture diverse, la musulmana, la cristiana; linguaggi differenti, l'arabo, il francese, il solfeggio, la contabilità, il canto; persino sapori differenti, orientali e occidentali. Ma sono soprattutto io, Malika, finalmente una e una sola, unita nella musica e nel canto...

«Va bene, Malika» dice Caroline, «va bene. Ma potrebbe andare ancora meglio. Riprendiamo...»

Autunno. Un autunno mite, nel corso del quale gli alberi tardano a perdere le foglie. Tra il lavoro, lo studio e Christian, quasi non riesco a trovare un po' di tempo per Isabelle. Ed è un errore, perché sta attraversando un periodo particolare. È felice di abitare con Christian, lo adora e lo considera suo padre; ma le piacerebbe molto conoscere anche il suo "vero padre", come dice lei stessa.

La prima volta che Isabelle mi ha parlato di suo padre, quello biologico, ho sentito una stretta al cuore. In quel momento ho capito che mia figlia era giunta a un punto cruciale della sua vita. Come prenderà il fatto che non ho voluto che Patrick la riconoscesse? E potrà sopportare che lui poi l'ha abbandonata? Sono domande che mi tormentano, ma so di non avere scelta. Devo raccontarle tutto...

Con mia grande sorpresa, la mia confessione, accuratamente preparata, va piuttosto bene. Isabelle mi ascolta con attenzione, con l'aria di pesare bene ogni cosa che dico. Infine prende lei la parola, con la sua vocina seriosa.

«D'accordo» mi dice, «ti sei organizzata per riuscire a badare a me da sola, perché avevi paura che mi affidassero a papà.»

Papà. Chiama papà un uomo che non ha mai visto.

«Se n'è andato» prosegue, «perché non ti amava più.»

Resta in silenzio qualche istante. Poi riprende: «Però io non vedo perché non dovrei conoscerlo. Io non c'entro affatto con la vostra storia...».

Ha ragione. E tuttavia, non è ancora riuscita a conoscerlo. Io non ho più le sue coordinate, e i suoi genitori, raggiunti al telefono, si sono rifiutati di comunicarmele. Chissà, forse proprio grazie a questo libro, Patrick potrà venire a sapere che sua figlia ha chiesto di lui...

15

Aula Cortot. Questa volta devo cantare per l'esame di fine anno. Sarò da sola sul palchetto. Nelle poltrone della prima fila ci sono i miei professori e Pierre Petit, il rettore della Normale. Dietro di loro, insieme a me, le mie compagne, anche loro prese dall'angoscia, lo so. Per tutta la settimana ci siamo scambiate "ricette miracolose" per evitare gli effetti dello stress sullo stomaco. Per quanto mi riguarda, sono due giorni che mangio esclusivamente riso in bianco, per giunta stracotto. Solène invece ha preferito nutrirsi solo di acqua e zucchero, e Catherine di Coca Cola, agitata fino a sgasarsi completamente. Tutto inutile. Siamo tutte stremate e con lo stomaco in subbuglio. Oggi è in gioco il nostro passaggio al secondo anno, un passaggio meritato considerati gli sforzi prodotti, almeno di questo siamo convinte.

«Signora Malika Bellaribi.»

Tocca a me. Mi alzo con il cuore a cento all'ora. Mi avvicino al palchetto, salgo i gradini, vado verso il pianoforte dove è seduta quella che per tutto l'anno mi ha fatto mille carognate, probabilmente perché non le piace il colorito bruno della mia pelle. Nei suoi occhi leggo antipatia nei miei confronti. È questo che mi deconcentra? Oppure, molto semplicemente, sono paralizzata dalla fifa? Quando partono le prime note di *Margherita all'arcolaio*, di Goethe, sto ancora tremando di paura; e inizio con la voce male impostata.

Non ho più pace, mi pesa il cuore;
non la riavrò mai e poi mai.

Ecco, sto cantando. Ma se di regola, quando sento la mia voce espandersi in una stanza, mi prende una sorta di euforia, oggi non succede, non succede affatto. Sono decisamente male impostata. In più, per quanto lo abbia ripetuto mille volte, non "sento" il testo. E c'è anche di peggio: ho l'impressione di prendere delle stecche disastrose. Avrò il tono giusto, la giusta misura? Le parole si staccano bene le une dalle altre? Oppure sto andando male, così male che ormai nessuno mi starà più ascoltando? Do un'occhiata ai membri della giuria, ai loro sguardi. Impenetrabili. Non mi resta che continuare.

Per me è la tomba se lui mi manca,
il mondo intero mi sa di fiele.
Povera testa, ti sei smarrita,
povera mente, mi sei svanita.

L'ultima parola sale chiara, limpida, fino a spegnersi tra i bei decori del soffitto. La pianista continua a suonare. Devo riprendere, adesso. Ma non riesco a ricordare il seguito, le parole mi sfuggono, non riesco più a trovarle nella mia testa, è rimasto solo un enorme buco nero, che ha inghiottito anche la voce...

Un incubo. Sto vivendo un incubo. I membri della giuria sono riuniti per decidere. Mi bocceranno, è sicuro. Dovrò ripetere l'anno. Una vera catastrofe, anche perché non ho il becco di un quattrino. E comunque, in questo momento sono certa di mollare tutto, non avrei mai dovuto iniziare, i miracoli non esistono. Nella verità vera, come dicono i bambini, il lupo cattivo mangia Cappuccetto Rosso, e Cenerentola non ritrova mai più la sua scarpetta. Continuare a sognare è inutile, ho ritrovato il senso della realtà...

Rumore di passi. La giuria entra in aula. Pierre Petit chiama gli allievi uno dopo l'altro. Sabine è promossa, il che è giusto, se lo è meritato. Passa anche Elise. E Catherine, Sophie, Elodie...

«Signora Malika Bellaribi.»

Tocca a me. Mi alzo. Pierre Petit mi guarda con aria ambigua.

«L'inizio era perfetto», dice.

Un silenzio.

«Tuttavia» prosegue, «lei dovrà ripetere l'anno. Quando una cantante lirica ha un vuoto di memoria, deve improvvisare. Mai smettere di cantare!»

1990, 1991, 1992. Gli anni passano, uno uguale all'altro. Isabelle cresce. Io e Christian ci amiamo, sembra proprio che questa volta l'amore sia destinato a durare. Per avvicinarsi ancora di più a me, prende anche lui delle lezioni di canto. Da parte mia, lavoro sempre come ragioniera, proseguo la terapia psicanalitica e continuo a dedicarmi allo studio della musica. Su questo piano, devo ammetterlo, ripetere l'anno mi ha molto facilitato le cose. Il solfeggio non è più un problema e ho persino conquistato la pianista, quella che all'inizio mi lanciava sguardi feroci. Caroline Dumas è molto spesso in tournée, la vedo solo di rado. Altri professori hanno preso il suo posto; con alcuni di loro non c'è nessuna simpatia reciproca, ma vado avanti ugualmente. E ormai sono sicura che un giorno – sì, ma quando? – sarò su un palcoscenico da sola, con un magnifico vestito rosso, a cantare la *Carmen*.

Però ancora non ci sono, su quel palcoscenico. Per il momento continuo ad affinare la voce su *Suor Angelica*, di Puccini, e su *Lo spettro della rosa*, di Berlioz. E poi – ma questa è tutta un'altra faccenda – mi preparo al battesimo.

L'ho già scritto. Il Dio della mia infanzia non è musulmano. È cristiano. Che poi quei due siano la stessa entità, personalmente non ho alcun dubbio. Diciamo che nutro più affetto per Gesù che per Allah. Soprattutto, però, c'è il fatto che Christian mi ha chiesto di sposarlo. Un matrimonio completo, sia in municipio che in chiesa. E per potergli dire "sì" davanti all'altare, mi devo prima convertire.

Non so se mio padre avrebbe approvato questa scelta. Quello che so, in compenso, è che il giorno in cui mia madre lo ha saputo, mi ha maledetta. Peraltro, me ne infischio. Per lei maledetta lo sono già da molto tempo; un po' di più o un po' di meno, non ha davvero nessuna importanza...

Così, un giorno di giugno, divento anch'io una "figlia di Dio", con il nome di Myriam. Quando il prete mi versa l'acqua sulla fronte chiudo gli occhi e ripercorro in un lampo tutto il cammino fatto fino a qui. Poi prego Gesù Cristo di darmi la forza di seguire fino in fondo la mia strada, e di permettermi di continuare a glorificarlo non solo tramite i canti della mia infanzia, ma anche attraverso ogni brano d'opera che intono. Un po' naif? Forse. Ma è il mio carattere: istintivo. Ed è dalla mia più tenera età che credo ai miracoli.

Oggi sposo Christian, prima in municipio e poi in chiesa, come ha chiesto lui. Intorno a noi ci sono la sua famiglia e i suoi amici. Dei miei fratelli e sorelle, nessuno. Eppure li avevo invitati, e avevo invitato anche mia madre, se mai le fosse venuta voglia di partecipare. Nessuno di loro, in questo giorno che si ritiene debba essere lieto, ha voluto essermi accanto. Sì, è davvero un giorno di letizia, la festa è bella, si mangia molto, cose leggere, delicate, come piacciono a me, si ride, si beve – persino io assaggio un po' d'alcol – e poi naturalmente si canta, Isabelle si diverte, è felice, e lo sono tanto anch'io, anche se ancora una volta mi sento orfana...

Cantare. Cantare ancora. Cantare sempre. Le settimane, i mesi, gli anni passano al ritmo delle note scandite dalla mia voce. In fatto di musica, per me non c'è mai niente di fastidioso. Né le ore passate a leggere gli spartiti. Né quelle trascorse a fare scale al pianoforte. Tanto meno il tempo dedicato ai vocalizzi. Presto mi lascerò la Normale alle spalle. Devo crescere ancora, trovare altri professori, aprirmi ad altre tecniche. E devo anche iniziare a dare dei concerti. Su questo punto, Christian insiste molto.

«Hai un talento vero» mi dice, «non lo sprecare restando nel tuo angolino. Canta davanti alla gente, offri agli altri la tua voce...»

Ha ragione, lo so. Ma al momento di compiere il passo esito e rimando ancora. Continuo a immaginarmi sulla scena, con il vestito rosso, mentre canto la *Carmen*; ma tra l'immaginazione e la realtà c'è un bel fossato, anzi un abisso, che non mi decido a superare. Mi piacerebbe eccome dare un concerto; ma ne sarei capace? Ne discuto con Christian per intere serate. Lui argomenta, io replico. Lui insiste, io faccio finta di cedere, solo per guadagnare tempo. Che mi lasci ancora qualche mese, prima di compiere il passo. Non sono pronta, devo perfezionarmi ulteriormente, la voce non è ancora abbastanza sicura... Ho in programma uno stage di una settimana con un professore del conservatorio di Nizza. Poi si vedrà.

Giugno. Sulla Costa Azzurra il tempo è già molto bello. Il cielo è di un azzurro intenso, un sole meraviglioso illumina il paesaggio, la temperatura è gradevole, l'aria profuma di mimosa. Mi sento quasi in vacanza, dimentico persino la paura che non mi ha lasciato per tutto il viaggio, un certa fifa dovuta all'idea di passare una settimana con un "maestro" incensato da tutti, uno dei veri grandi dell'opera. Ormai sono una cantante fatta, anche se i miei professori continuano a dibattere su un punto: secondo alcuni sono "soprano", secondo altri "mezzo". Ho lunghi anni di studio alle mie spalle, ma ho anche, ancora, sempre, quella che Christian ha definito "la sindrome del brutto anatroccolo". In breve, ho l'impressione che le mie origini razziali non depongano a mio favore. Ed è proprio questo il motivo per cui, salendo sul taxi per andare a casa del "maestro", sento il cuore battermi a mille. Nemmeno il superbo paesaggio che a mano a mano si manifesta raggiungendo le colline dell'entroterra riesce a tranquillizzarmi, tutt'altro.

Una villa dai muri imbiancati a calce e il tetto di tegole rosse, circondata da un vasto giardino ricco di fiori coltivati. È qui che passerò una settimana, io e altre quattro allieve, anche loro ammesse a perfezionarsi con il grande Blivet. Certo, è fantastico. Ma nel momento in cui il taxi si ferma davanti all'ingresso, sento arrivare una nuova ondata di panico. C'è qualcosa, in questo posto, che non mi torna. Sarà il prato rasato alla perfezione, che ricorda un po' quello del boia che ci fece andar via da rue Pascal? O forse l'isolamento della villa stessa, sperduta tra i monti? Oppure questa donna dai modi affettati che compare sulla porta e mi lancia una strana occhiata? Indugio un istante, prima di scendere dalla macchina. Poi alzo le spalle: forza, un po' di coraggio! Non ho certo fatto un viaggio così lungo per tornarmene subito indietro...

Tuttavia, è proprio ciò che avrei dovuto fare. Per essere un grande artista, Rodolphe Blivet ha una concezione piuttosto particolare dell'insegnamento. Fin dalla prima lezione, l'uomo, un bellimbusto sulla sessantina, mi si avvicina fino quasi a toccarmi e posa gli occhi su ogni curva del mio corpo.

«Mia cara Malika» mi dice con lo sguardo insistente, «sono molto contento che sia venuta qui da me. Saprà già, probabilmente, che un professore e la sua allieva devono avere una relazione molto particolare, una relazione quasi d'amore...»

Non ha bisogno di continuare a lungo il discorso: quello che c'era da capire l'ho capito, e gli rispondo con una certa insolenza: «Mio caro maestro, lei ha ragione. Ma per me, un professore è come un padre: non potrei mai avere una relazione amorosa con lui, sarebbe un incesto».

Così finisce che per tutta la settimana studio con sua moglie – la signora manierata che mi ha aperto la porta della villa – mentre lui si dedica alle altre quattro allieve, probabilmente più malleabili di me. A loro promette mari e monti, giura di farle cantare un giorno alla Scala di Milano. A me, invece, dice: «Se non accetti di avvicinarti a me non ce la farai mai. Ho sentito cosa sai fare. Non è niente. Devi capire che il canto passa innanzitutto dalla sensualità».

Piuttosto che passare da quel genere di sensualità preferirei andare a raccogliere pomodori, e non manco di dirglielo. Ecco fatto, me ne torno a Parigi, divisa tra indignazione, abbattimento e voglia di ridere. Christian è venuto a prendermi alla stazione.

«Ho organizzato un concerto» mi dice con un grande sorriso. «Canterai davanti a un po' di amici...»

Questa sera la ricorderò senza alcun dubbio per tutta la vita, come una sartina ricorda il suo primo ballo, una innamorata il suo primo bacio, una ragazza il suo primo amante. Ho appuntamento con la musica, quella vera, quella che si offre agli altri come un regalo scelto a lungo e con cura, avvolto con amore in una bella carta argentata. Questa sera per la prima volta canterò per persone diverse dai professori, dai compagni di corso, dallo stesso Christian. E sono combattuta tra l'ansia e la soddisfazione, tra la gioia e il timore. Il concerto si tiene a casa di un'amica di mio marito, una "borghese", come dice lui, che vive nei quartieri alti. Il pubblico è composto da amici e conoscenti, una ventina di persone in tutto. Con alcuni esiste un legame di profonda amicizia, abbiamo riso e mangiato insieme, e fatto delle gite, affrontato discussioni interminabili... E tant'è, stasera tutte queste persone mi sono come estranee, per non dire nemiche. Sto per mettermi a nudo di fronte a loro, sto per mostrare la parte più intima del mio essere, la più profonda del mio animo, ed è automatico pensare che sarà esposta al loro giudizio.

Le otto di sera. Finisco di prepararmi. Per l'occasione ho scelto un tubino molto semplice, grigio. Il rosso non sarebbe stato opportuno. Per quanto riguarda il trucco, vedrò più tardi. Dopotutto qui non sono su un palcoscenico, a valorizzare il viso basteranno un po' di rimmel e un tocco di fard. I miei riccioli neri non sono del tutto in ordine pazienza, non ho tempo per rimediare. In compenso mi daranno più naturalezza... E comunque me ne frego di come sto, quello che conta è la mia voce, una voce che sento debole, sottile, evanescente, facile a spezzarsi, come ogni volta che l'ansia mi prende allo stomaco. Ancora cinque minuti, poi dovrò lasciare la stanza in cui mi sono cambiata ed "entrare in scena". Mi tampono la fronte, sudaticcia; mi passo un po' di crema sulle mani, troppo secche. Respiro a fondo. Ascolto il brusio degli invitati dietro la porta, tranquillamente seduti a due passi da me. Ancora qualche secondo. La porta si apre, il momento è arrivato. Faccio qualche passo ed entro nel salone dalle pareti rivestite di tessuto. C'è un piano verticale, un bel pianoforte di legno lucido, i tasti in avorio. Françoise, la pianista che mi deve accompagnare, è già seduta. Indossa un magnifico vestito rosso, molto scollato sulla schiena, il vestito che sogno da tanti anni... Di colpo mi sento ridicola: con il mio, grigio, devo avere l'aria di un topo. Una bestia miserabile che avanza con passo falsamente sicuro, si ferma di fianco allo spartito, osa alzare gli occhi verso il pubblico. Ci sono tutti, i miei amici. Alain e Josette, Valérie e Stéphane, Franck e Isabelle, e gli altri, tutti gli altri. Sono qui per sentirmi, perciò adesso inizierò a cantare. Del resto, cos'altro potrei fare? Françoise ha già posto le mani sulla tastiera, le prime note già riempiono la stanza, alte, limpide. Tocca a me. Apro la bocca. Le mie labbra fremono. Cerco la voce nelle profondità della gola, del petto, ma la voce non c'è, non la trovo, sono totalmente afona. E totalmente nel panico.

Questa serata così tanto attesa, così accuratamente preparata, si rivela uno smacco. La voce se n'è andata chissà dove; faccio segno al pubblico e alla pianista che devo lasciare la stanza. Torno nella camera dove mi sono cambiata, mi siedo sul letto, chiudo gli occhi, respiro a lungo, profondamente, come mi ha insegnato Caroline Dumas. Quando finalmente ritrovo un po' di calma riapro le labbra, tossicchio, provo a parlare, all'inizio piano, poi con più voce.

«Va tutto bene. Va tutto bene. Va tutto bene.»

Riapro gli occhi. Christian è qui, vicino a me, tenero e premuroso come sempre. Ma gli faccio segno di uscire. L'amore, in questa battaglia contro me stessa, non può essermi di alcun aiuto. Che la voce mi abbia tradita non è un caso, questo lo so bene. Ho paura di passare dall'altra parte. Paura di cambiare, di mutare pelle, di scordarmi chi sono, la mia personalità più profonda e vera, paura di raggiungere quella "inaccessibile stella" di cui parla Jacques Brel, quella stella che forse mi consumerà, consumerà la piccola araba dal corpo ferito.

«Va tutto bene.»

Riesco di nuovo a parlare, anche se più che parlare sto salmodiando, sempre più forte, sempre più velocemente. Poco alla volta, la voce sta tornando normale; tento un vocalizzo, poi un altro, e un altro ancora. Quando finalmente le cose rientrano nell'ordine, quando sento che la voce è di nuovo a posto, mi alzo e a piccoli passi torno di là, dove gli invitati mi stanno aspettando. Durante la mia assenza – quanto è durata, cinque minuti? Dieci? Non saprei dirlo – nessuno si è mosso. Sono sempre lì, seduti; il loro brusio s'interrompe appena mi avvicino al piano. Cosa fare? Provare di nuovo a cantare oppure scusarsi, dire che non ne sono capace? Davvero non lo so. In qualche modo, a decidere per me è la pianista, posando le dita sui tasti e iniziando a suonare. Forza, Malika, ormai è tardi per interromperla. Apro le labbra, chiudo gli occhi per concentrarmi al meglio, cerco la voce in fondo al petto... E la voce – miracolo – viene fuori limpida come una sorgente, a riempire l'intera stanza.

Alla fine, gli invitati mi hanno tributato un trionfo. Ma le cose, in seguito, non sono affatto così semplici. Quando Christian, forte di quel primo successo, organizza una nuova serata alla galleria Siret, nei giardini del Palais-Royal, il concerto va decisamente male. Inizio massacrando Strauss; solo dopo, con Duparc, ritrovo un po' di contegno. Nella chiesa di Vincennes è invece Mozart a fare le spese della fifa tremenda che mi devasta. E tuttavia, malgrado gli errori di respirazione, i recuperi di fiato un po' troppo rumorosi, persino una serie di sbagli sulla pronuncia del testo, sento che sto facendo progressi, che lentamente – ma in maniera certa – sto passando al livello superiore di quella che ormai posso chiamare "la mia arte". Il passo è compiuto. La scena non è più una nemica. Imparo a controllarla, a gestirla, e anche ad apprezzarla. La prova? Accetto senza tentennamenti di esibirmi nel parco del castello di Ratilly, nel dipartimento dello Yonne, in Borgogna ...

Dei muri di pietra spessi almeno un metro, una facciata ricoperta di vite del Canada. Il cortile d'onore, lastricato: il posto in cui devo cantare. È una calda e magnifica serata di luglio del 1993, l'aria profuma d'estate. E mentre raggiungo il palco non ho nessuna paura, perché sto realizzando uno dei sogni della mia vita. Non ho il vestito rosso – ancora non mi risolvo a indossarne uno, chissà poi perché – ma canto la *Carmen*...

L'amore è un uccello ribelle
che nessuno può addomesticare,
invano lo si chiama,
se gli va di rifiutare!
Nulla serve, né minacce né preghiere,
l'uno parla troppo e l'altro tace,
ed è l'altro che io preferisco,
nulla ha detto ma mi piace.
L'amore! L'amore! L'amore! L'amore!

Silenzio. Non riesco a vedere il pubblico per via delle luci puntate su di me, ma so che mi sta guardando in attesa del seguito. E io riprendo con voce allegra e trionfante:

L'amore è un fanciullo scapestrato.
Mai e poi mai ha conosciuto regole.
Se tu non mi ami, io t'amo;
e se ti amo, attento a te!

16

La sala, davanti a me, è buia, immensa, vibrante. La luce mi acceca. La paura mi stringe lo stomaco. Sono ancora una volta sulla scena, ma questa volta è diverso. In questi anni ho cantato in moltissimi posti: concerti nei castelli, nelle chiese, nella sala Cortot, e anche al théâtre du Renard, il cui direttore è diventato un mio caro amico. Ma il concerto di oggi, nella prestigiosa sala Gaveau, mette insieme dei capolavori di Haendel, di Vivaldi, le grandi arie di Mascagni, di *Sansone e Dalila*. Settecentocinquanta persone sono qui per ascoltarmi. Radio France International ha inviato un giornalista. Ma soprattutto, seduta in prima fila, c'è mia madre.

Avevamo perso i contatti dal mio matrimonio. Lei non mi diede la sua benedizione per le nozze, e io mi sono trincerata in un silenzio rabbioso. Ma poi, con il tempo, il nostro attrito ha iniziato a dispiacermi. A volte guardo Isabelle e mi capita di pensare che, dopo averla privata di suo padre, la sto privando anche di sua nonna. Ricordo le rare volte in cui Fatima si è occupata di lei. Un giorno di settembre, ai giardini delle Tuileries. Un Natale, passato insieme a tutta la famiglia. Una sera di marzo, a casa mia. Quella volta aveva insistito per mettersi a stirare i vestiti di mia figlia. Rannicchiate sul divano, io e Isabelle l'abbiamo osservata a lungo: sembrava una vera nonna, tenera e allegra insieme.

Devo riconoscerlo, anche se non è facile. Negli anni successivi al matrimonio, mia madre mi è mancata. Al punto di dimenticare quasi la sua violenza, la sua pazzia, le sevizie che mi ha imposto. E mi mancano anche i miei fratelli e le mie sorelle – Bibi e Djamila, Mohamed e Djamiel e tutti gli altri, compreso quello che mi ha tenuta prigioniera in Algeria – sarà l'età? Oppure il fatto che sono innamorata, felice e finalmente musicista a tempo pieno? Ho nostalgia di una famiglia che per moltissimo tempo ho creduto di detestare. Così, quando Djamila – l'eterna ambasciatrice – mi chiama al telefono, nell'estate del 1997, sono felicissima di sentirla, felice come una bambina. E non finisco più di chiederle notizie di ciascuno, venendo a sapere tutto insieme di chi è nato e chi è morto, delle gioie e dei dolori, insomma di tutto quello che riguarda la vita dei miei familiari.

«E tu?» mi chiede infine Djamila.

«Io?»

Un silenzio. Che cosa le dico? Che sono finalmente in pace con me stessa, o quasi? Che amo mio marito, che mia figlia cresce bene e che ho lasciato il lavoro di ragioniera per diventare cantante professionista? Pragmatica com'è sempre stata, lei mi ride in faccia e mi dice: «Forza! Di cosa vivi?». Allora, con cautela, mi avvicino a piccoli passi.

«Sai» le sussurro, «da qualche mese do lezioni di canto.»

Silenzio, di nuovo. La immagino perplessa. Vado avanti.

«E tengo anche dei concerti.»

«Tu canti?»

Dal tono, Djamila dev'essere alquanto stupita.

«E cosa canti?» prosegue.

«Opera classica.»

«Opera classica?»

La immagino soffocare una risatina.

«Sei sempre stata originale, tu» conclude. «Bene. Quand'è che ti vediamo?»

È così che ho riallacciato i legami con i miei, legami fragili, sottili, ma pur sempre dei legami. Quell'estate, io, Christian e Isabelle siamo andati in vacanza con uno dei miei nipotini. Siamo anche andati a mangiare da mia madre, che per l'occasione ha ovviamente preparato una delle sue *tagines* al pomodoro e cipolle, che io detesto. Nel corso del pranzo, mi ha chiesto in cosa consista il mio "nuovo lavoro". Le ho risposto che canto dei brani d'opera.

«Come la Callas?» si è stupita. «Tu gridi come lei? E ti pagano per farlo?»

In quella considerazione c'era tutta mia madre. Ignorante, orgogliosa, esasperante. Cogliendo la mia irritazione, Christian si è subito fatto carico della precisazione.

«Malika non grida, canta. Comunque, giusto per convincersi, perché non viene a sentirla?»

Così, in modo rapido e semplice, è stato deciso. Dire che ne sono felice sarebbe falso. Cantare di fronte a mia madre mi mette ovviamente un po' di agitazione. È piena di pregiudizi, lontana anni luce dal mio mondo, e mi ama talmente poco... Mi ascolterà fino alla fine? Oppure si alzerà e lascerà la sala perché non capirà nulla, perché lei di musica conosce solo le melodie di Oum Kalsoum? Domande inutili, ormai non posso più cambiare le cose. Mia madre è qui, nella sala Gaveau. Viene persino a farmi un "in bocca al lupo" in camerino.

Rivedo ancora quel momento. Io in abito di scena, un vestito nero aderente, molto scollato, con il seno piuttosto in risalto, il volto abbondantemente truccato e scarpe con il tacco alto. Lei nel suo tailleur beige più bello, un anello in ogni dito e la mano di Fatma che dondola al ritmo dei suoi passi, in bella mostra sopra la camicia. A nessuno, guardandoci, verrebbe in mente che siamo madre e figlia. Eppure nelle nostre vene scorre lo stesso sangue, quel sangue che, verosimilmente, mi ha dato la caparbietà che mi ha fatto arrivare dove sono.

Ho dato un bacio a mia madre, quella sera, prima dello spettacolo? Probabilmente no, da molto tempo mi sottraggo a ogni contatto fisico con lei. Ma il suo modo di augurarmi "buona fortuna", con un tono per una volta bonario, umile, mi ha toccata. E al momento di entrare in scena, non penso che a lei.

Ecco. È fatta. Ho cantato: Haendel e Vivaldi, Mascagni, *Sansone e Dalila*. Il concerto è finito. Dal nutrito applauso che scatta in sala, capisco che il pubblico ha molto apprezzato la mia interpretazione. E quando si riaccendono le luci, si alza in piedi per tributarmi un'ovazione. Qualcuno mi fa portare un mazzo di rose enorme. Lo prendo e lo accosto un secondo al viso.

Dovrei essere emozionata fino alle lacrime; in realtà, ho un solo pensiero in testa. Mia madre c'è ancora? La cerco con gli occhi tra le persone che mi applaudono e d'un tratto la scorgo, in piedi come tutti gli altri. Mi guarda con gli occhi lucidi. Applaude. Mi sorride. Il sipario cala su questa immagine.

Ancora il théâtre du Renard. La sala Pleyel. Di nuovo la Cortot. Ma anche sale più modeste, quelle dei piccoli teatri di periferia, un concerto per il Rotary, degli spazi privati. Continuo a esibirmi, tanto che "nell'ambiente" il mio nome inizia a circolare. La stampa parla di me, talvolta in termini elogiativi. Ne sono felice, naturalmente, eppure mi resta un vago senso d'incompiutezza. Sarà perché rivedo mia madre, i miei fratelli e le mie sorelle, perché ritrovo attraverso di loro le mie radici? Ho tanto voluto, tanto desiderato diventare una "diva" e, adesso, il successo mi sembra un po' vano. Secondo il mio "maestro di canto", lo straordinario Lorentz, che mi segue da quasi cinque anni, dovrei puntare ancora più in alto. È tempo, dice, di registrare un album. Di lanciarmi finalmente in una vera carriera. Mi vede sulla scena dell'Opéra di Parigi, sul palco della Scala di Milano, mi promette mari e monti; eppure, per quanto strano possa sembrare, tutto ciò non mi interessa. Christian, sempre avveduto e intelligente, lascia che le cose maturino. Io invece mi dibatto tra i dubbi. Sarà una cena, una semplice cena, a dare una piega diversa alle cose.

Sono stata invitata da un'amica, che chiameremo Sophie. La cena è in un ristorante marocchino di Parigi, uno di quei posti dei quali, di regola, detesto la cucina.

Tuttavia, stasera mangio con appetito i piatti che ho scelto. Un ritorno alle origini? Non voglio pensarci e tanto meno parlarne. Mi gusto i *bricks à l'oeuf*[1], la *tagine* di agnello e prugne, i dolci al miele. Sorseggio un tè alla menta. Ascolto Sophie che mi parla dei suoi progetti.

«Sai» mi dice, «lavoro a Creil, in un quartiere arabo. Accompagno le donne magrebine nelle diverse attività. Mi piacerebbe molto organizzare una serata operistica, laggiù, al théâtre de la Faïencerie.»

Un'opera nel ghetto arabo? L'idea mi sembra del tutto assurda. E poi lo sanno tutti che quella non è gente interessata alla musica, se non a quella orientale, o al rap. Dio mi è testimone: per tutto il tempo che sono stata con loro non è mai successo di poter condividere i miei gusti con qualcuno, gusti da "francese", li chiamavano... Poi, d'un tratto, mi sento diventare rossa di vergogna. Ma insomma, chi sono io per ragionare in questo modo? E soprattutto, per chi mi sto prendendo? Se le suore che mi hanno educata avessero ragionato allo stesso modo, dove sarei io adesso? Sophie ha ragione, l'opera va proposta ovunque, affinché le cose cambino, si muovano. Affinché altre Malika capiscano, come l'ho capito io da bambina, che la cultura non è riservata ai borghesi, e ancora meno ai francesi di ceppo!

Vado al théâtre de la Faïencerie in una fredda giornata di novembre. Per arrivarci, devo attraversare il quartiere e posso constatare che, dalla mia infanzia, le cose non sono cambiate granché. Tra gli edifici ca-

[1] Bignè tunisini composti da una sfoglia sottile che racchiude un uovo (N.d.T.).

richi di graffiti i ragazzini giocano ancora con dei barattoli vuoti al posto del pallone. Le madri chiacchierano su spiazzi sterrati e intanto controllano con la coda dell'occhio i bambini più piccoli, che gattonano nella polvere. Gli adolescenti – sigaretta in bocca, orecchino, sguardo arrabbiato, piglio arrogante – hanno quasi tutti l'aria di bighellonare tutto il giorno. E io, in tutto questo piccolo mondo, continuo a essere l'estranea, la francese, malgrado la pelle scura e i capelli neri...

Finalmente arrivo al teatro. Una bella sorpresa: nella hall mi stanno aspettando moltissime donne del quartiere, alcune vestite all'occidentale, altre in *gellabe* da cerimonia, dai colori sgargianti. Subito dopo essere stata presentata, si dispongono intorno a me e cominciano a tempestarmi di domande. Cos'è l'opera? In che lingua canto, in francese? In italiano? In tedesco? E perché non in arabo? E comunque, cosa raccontano le mie canzoni? Delle storie d'amore? Come a teatro dunque? Ma loro, a teatro non ci sono mica mai andate. Lo conoscono solo per via dei testi che i figli studiano a scuola. *L'avaro. Il borghese gentiluomo. Ruy Blas. El Cid.*

«Io di quei testi non ci capisco niente» mi dice una di loro. «Sono scritti in francese, ma è un francese strambo. E non voglio chiedere a mio figlio di spiegarmelo, mi vergognerei.»

Credo sia proprio in questo preciso momento che nasce in me la voglia di lavorare con queste donne, nei quartieri, il desiderio di trasmettere loro quello che le religiose hanno insegnato a me, la bambina ferita, malata, eppure fortunata, alla quale l'ospedale e le varie strutture di convalescenza hanno permesso di uscire dalla sua miseria culturale. Ma è ancora solo un'idea vaga, un'ipotesi sfuocata, un pensiero in embrione. Me lo ritrovo in mente, poi sparisce, ritorna, svanisce ancora, cancellato dalla conversazione con le donne che ho intorno. Continuano a subissarmi di domande, sempre più interessate a me e a quello che faccio, lo si capisce dalla vivacità dei loro occhi, dalla loro eccitazione. Ma voglio arrivare ancora più in là, al di là delle parole: voglio che sentano la mia voce. Del resto, cosa c'è di più esplicito di un brano d'opera? Perciò, dopo aver chiesto il silenzio, chiudo gli occhi e faccio come se fossi sulla scena: prendo la voce dalle profondità della gola e attacco un'aria, il *Paviello*, un testo in italiano.

Nel cor più non mi sento...

Silenzio. Un silenzio di piombo. Mi fissano con i loro occhi neri. Si prendono per mano, intrecciando le dita. In qualcuna vedo persino una lacrima che va formandosi. Nessuna di loro parla italiano, nessuna capisce le parole che pronuncio; eppure sembrano affascinate. Quando finisco di cantare si avvicinano ancora di più a me, e mentre le une applaudono, le altre mi abbracciano...

La sera stessa do un concerto al théâtre de la Faïencerie. La sala è piena, tutte le donne del quartiere sono venute ad ascoltarmi, alcune con i loro bambini. E quando si riaccendono le luci, insieme agli applausi scattano anche i tradizionali vocalizzi delle donne arabe.

«Hai visto» mi dice Sophie alla fine, quando lasciamo la sala, «è andato tutto bene.»

Resta in silenzio qualche istante, poi aggiunge: «Non ti sarà per caso venuta voglia di insegnare canto nei quartieri popolari? Perché se è così, parliamone!».

Insegnare canto nei quartieri popolari. L'idea si fa di nuovo strada nella mia mente, un'idea ossessiva, che mi piace e allo stesso tempo mi spaventa. Nessuno più di me, la piccola araba educata dalle suore, sarebbe più qualificato per una cosa del genere. Ma avrò la forza di tornare indietro, di immergermi di nuovo nel cuore di questo mondo miserabile? Di affrontare gli sguardi di questi bambini svantaggiati, come lo sono stata io stessa? Saprò insegnare o anche solo parlare loro? Saprò fare in modo che amino questa musica così diversa da tutto quello che conoscono? Sono talmente cambiata, talmente evoluta. Ormai appartengo a un altro mondo, un mondo pieno di luci, quello dei "ricchi", come dicono loro. Saprei tendere loro la mano? E loro, accetteranno di stringerla? Riusciremo a fare insieme quel percorso che feci io nella mia infanzia? Passano intere settimane, e non so decidermi. Se un giorno mi sento pronta, l'indomani esito di nuovo. Per trovare una via d'uscita compro dei libri sull'educazione e mi ci immergo, ma ne riemergo ancora più perplessa. E torno a farmi delle domande. Cosa devo fare, restare nel mio mondo pieno di luci e registrare un disco? Cercare di crescere ancora, puntare all'Opéra di Parigi o alla Scala di Milano? Oppure tornare nell'ombra, almeno per un po', e mettere in piedi il progetto pedagogico che mi viene proposto?

«Una cosa non impedisce l'altra» mi dice Sophie. «Accetta di insegnare canto a questi bambini, sarai una diva nei quartieri...»

La frase fa "clic" nella mia testa, spazza via tutte le esitazioni, tutti i miei dubbi. Sophie ha ragione. Una diva nel quartiere. Sembra quasi un titolo perfetto per il progetto di Creil...

Sono tutti qui, davanti a me, nella sala messa a nostra disposizione dal comune. Carine, che viene da Phnom Penh, in Cambogia, dove il fragore delle bombe l'ha fatta quasi diventare pazza. Alexi, la bambina trascurata. Faysal, i cui genitori provengono dalla Turchia e che praticamente non parla francese. Nadil, nato a Fes, in Marocco, che mi guarda con i suoi grandi occhi neri, così simili ai miei. Poi Sonia, Suzie, Habib, Hind, Ines, Linda e gli altri, in tutto una trentina di bambini tra gli otto e i dodici anni, che partecipano al "mio" progetto. Non hanno mai fatto una lezione di canto o di solfeggio, e questo è normale. Il problema semmai è un altro: la maggior parte di loro ha gravi difficoltà scolastiche. Alcuni sanno a malapena leggere e scrivere. Ma tutti, nessuno escluso, hanno voglia di scoprire, di imparare, ce l'hanno scritto negli occhi. E io, anche se mi sento un po' intimidita, ho tutta l'intenzione di trasmettere loro l'amore per la musica e il canto. Cercherò di arrivarci per vie traverse, iniziando con il farli ridere, urlare, piangere, correre, saltare, fare la ruota e via dicendo, una gestualità che farà da base per un altro genere di apprendistato.

«Buongiorno, bambini.»

Ecco, ci siamo. Sono in piedi in mezzo a loro. Li osservo uno a uno. Noto le particolarità, le differenze. Coralie ha gli occhiali, bisognerà fare attenzione a non romperli durante le attività fisiche. Sofiane è piuttosto grasso, potrebbe avere dei problemi a restare in canottiera. Astrid ha già un po' di seno, anche in questo caso, attenzione al suo pudore...

«Io canto innanzitutto per divertirmi» inizio. «Volete vedere come?»

Silenzio. Molti scuotono la testa. In Carine vedo invece una certa diffidenza; dovrò conquistarmela. Ma per il momento continuo a rivolgermi all'intero gruppo.

«Guardate.»

Unisco il pollice con l'indice, a formare un cerchietto, e lo appiccico sulla bocca. Inspiro il più profondamente possibile e poi emetto un suono. Proprio come avevo sperato: la cosa li fa ridere. È fatta? Non ancora.

«Forza. Fate la stessa cosa, uno per volta.»

Mi obbediranno? Oppure alzeranno le spalle, si scambieranno dei colpetti di gomito, mi prenderanno in giro, si volteranno dall'altra parte... Me lo chiedo per qualche secondo, in ansia. Questi bambini sono come dei gattini un po' spelacchiati, basta un niente per farli fuggire. Il loro silenzio non è un buon segno, ma sento che alcuni sono sul punto di romperlo. Hamid, per esempio, che mi guarda di sottecchi, con un mezzo sorriso sulle labbra. Fa un cerchietto con il pollice e l'indice e se lo porta alla bocca; poi, con soddisfazione, emette un suono che fa pensare a un peto enorme. È una sfida? Sì. Ma la raccolgo, contenta di aver stabilito comunque un contatto. Lo indico con il dito, ridendo, e gli dico: «Molto bene, Hamid. Che bella musica! E gli altri, forza: c'è qualcuno capace di fare meglio?».

Un istante dopo scatta un potente concerto di pernacchie. Scoppio a ridere, e loro subito fanno altrettanto. Andrà tutto per il meglio, sento che c'è già sintonia. E comincio ad amarli...

Consapevolezza del corpo. Utilizzo dei cinque sensi. Tecniche vocali ricreative. Sono queste le assi della pedagogia che ho adottato nel corso dei laboratori con i bambini di Creil, dal lunedì al giovedì. I concerti di pernacchie lasciano il posto agli strilli, alle urla. L'udito è sollecitato di continuo. I corpi si muovono, corrono, fanno capriole, si rialzano, corrono ancora, fino a sfinirsi. Ogni muscolo lavora, ogni respiro sembra essere l'ultimo, ma non è così, si riparte, persino sorridendo. E funziona. I bambini sono al gran completo sin dalla prima ora di lezione. Mi ascoltano, mi imitano, interagiscono. Alcuni di loro non rinunciano mai a fare delle smorfie, a bisticciare, a inventarsi un nemico immaginario, a sghignazzare. Poi, superata la prima fase, iniziano le cose serie. Carine si aggiusta la voce con un tappo di sughero a mo' di microfono, Malik si lancia in una lunga tirata nel gergo delle banlieue sulle disgrazie di un povero cristo, Samira si allunga sul tavolo per imitare una malata immaginaria, mentre gli altri, tutti quanti, girano su se stessi come dei dervisci, fino a cadere a terra... Io resto in mezzo a loro, partecipo ai loro "giochi", senza rinunciare mai a mostrare la lingua, a piangere, a urlare, a cantare... A volte anche a scuoterli.

«Dài, Anna! Smettila di piangere. Muoviti! Respira! Puoi fare meglio di così. Te l'ho detto cento volte, il controllo della voce passa attraverso il controllo del corpo. Quando il tuo corpo ti ubbidirà, allora canterai!»

E Anna canta. Come Mehdi, Maya, Charlotte, Carine e tutti gli altri. Dopo una buona mezz'ora di corse e ginnastica intensa si assembrano davanti a me, in un piccolo coro. Le voci sono ancora rauche, a volte stonate. Spesso dimenticano il testo e il ritmo non sempre viene rispettato, ma fa lo stesso: gli occhi scintillano e le labbra si tendono in larghi sorrisi. I bambini – i miei bambini, come li chiamo talvolta – sono felici. Il loro canto riempie la sala; per le mie orecchie è un suono anche più melodioso delle più belle arie d'opera.

«Sono contenta, Malika» mi dice Carine, la piccola cambogiana, «sono contenta perché adesso, di notte, quando ho paura, mi metto a cantare in silenzio, nella mia testa, e riesco a scacciare i rumori delle bombe.»

11 maggio 2001. Oggi all'Unesco è la giornata dell'opera. E i bambini di Creil, i "miei" bambini, sono invitati a cantare proprio all'interno del prestigioso organismo. All'inizio, quando gliel'ho annunciato, non volevano crederci.

«Noi, in quel posto?» ha mormorato Hamid.

«Sì, proprio voi» ho risposto con tono deciso. E d'un tratto si sono messi tutti a esultare, entusiasti. Tranne Hamid, sempre diffidente.

«E le nostre mamme, potranno venire anche loro?»

«Certo, perché non dovrebbero?»

La mia risposta fa zittire immediatamente i bambini. Hanno le facce imbronciate, si torcono le mani, tirano su con il naso in maniera quasi ostentata. Chiedo di nuovo: «Allora, perché le vostre mamme non dovrebbero venire?».

Ancora silenzio. Alla fine, Hamid, sempre lui, dice: «Perché la gente dei quartieri poveri non piace, non la vuole nessuno».

E tace di nuovo. Gli vado vicino, mi piazzo proprio davanti a lui.

«E invece questa volta la vorranno e farà una gran bella figura. E voi dimostrerete di essere dei bambini come si deve, dei bambini come tutti gli altri. Posso contare su di voi?»

Un mormorio. Carine rialza la testa. Sofiane pianta i suoi occhi nei miei. Astrid e Solène si prendono per mano.

«D'accordo» dice Hamid, il portavoce. «Lo faremo...»

E lo fanno! 11 maggio 2001. In piedi uno accanto all'altro, sul palco, pietrificati dalla paura, si mettono a cantare. E le loro voci, dietro la mia, mi convincono fino in fondo – se mai ce ne fosse ancora bisogno – che la musica è universale e associativa, e accessibile a qualunque ambiente socioculturale. Grandi parole per dire, in sostanza, che questi bambini, i miei bambini, formano il più bello, il più completo, il più sorprendente coro con il quale abbia mai cantato.

17

È qui che tutto è cominciato, in questo miserabile quartiere che mezzo secolo fa ospitava la bidonville di Nanterre. Una città nella città, formata da casette con i muri di mattoni, tirati su alla meglio e il pavimento di terra battuta. I più ricchi stendevano delle pelli di montone a far da tappeto. I poveri – ben più numerosi – non stendevano niente. Ma è qui che tutti coabitavano, ricchi e poveri, sotto tetti di lamiera arroventata d'estate e gelata d'inverno. In genere c'era una sola stanza per l'intera famiglia, che fosse di quattro o di dodici figli, un'unica stanza dove tutti dormivano appiccicati l'uno con l'altro, maschi e femmine, e ciascuno al contrario, la testa di fianco ai piedi del vicino. Fuori, sotto la tettoia, c'era la biancheria stesa. Dentro, nei catini, altra biancheria a mollo, perché qui, per quanto miserabili, la pulizia non era una parola vana. Le donne trascorrevano le loro giornate tra le faccende domestiche. Iniziavano con l'andare a riempire i secchi alla fontana più vicina, a volte cinquecento metri, più spesso un chilometro. Poi toglievano materassi e coperte dal pavimento di terra battuta, li sistemavano alla meglio contro il muro e facevano spazio al braciere, usato a mo' di cucina. E pian piano il profumo del caffè si spandeva, riempiendo uno spazio sempre troppo stretto. Fuori, un po' dappertutto, si rideva e si urlava e ci si affrettava, mentre un fiume di bambini, il patrimonio del quartiere, fuoriusciva dalle baracche. La giornata cominciava, in inverno come in estate, tra i muri delle case tinteggiati d'azzurro e ocra...

Sì. È qui che tutto ha preso inizio. Ed è qui che torno, nell'autunno del 2004. Io, la "diva dei quartieri", sono di nuovo a Nanterre, a insegnare canto. Ma non riconosco nulla, il paesaggio è cambiato totalmente. Niente più casette di mattoni, tetti di lamiera, pavimenti di terra battuta, ma palazzi pieni di negozi d'ogni genere. Tuttavia, qualcosa di arabo resiste. Il mercato che attraverso, dove ancora si vendono le spezie, la semola, i dolci al miele. Le insegne di certi bar, che richiamano il sole algerino. Le donne velate che s'incrociano per le strade, i bambini trasandati che mi ricordano tanto i miei fratelli e sorelle.

Sono passati cinquant'anni, ma è proprio qui che sono cresciuta. Adesso i palazzi sono solidi e ci sono pure i giardinetti pubblici con le loro belle altalene, ma l'aria ha sempre lo stesso odore, un misto di menta e *merguez*, e i passanti lo stesso sguardo stanco. Per non parlare dei bambini, così simili alla piccola Malika... Capelli ricci e arruffati, vestiti recuperati qua e là, scarpe logore: hanno addosso l'uniforme della miseria. A guardarli camminare, correre, urlare, i ricordi cominciano a emergere e poi a fluire liberamente, fino a coprire ogni cosa. Nanterre non ha più una bidonville ma è sempre lo stesso sobborgo di allora, e io torno a essere la bimbetta di tre anni fiera dei suoi sandaletti bianchi, esattamente gli stessi che vedo nella vetrina di questo negozio di scarpe. Dei sandali da poco, ma che facevano di me una regina e quasi mi viene voglia di ricomprarli...

Kamel. Ridwane. Nora. Patrick. Kevin. Stella. Sono qui, loro e tutti gli altri bambini del quartiere. Mi stanno aspettando insieme alle loro mamme. Donne alle quali insegnerò a cantare, è la nuova sfida, la nuova scommessa. Con me, attraverso la mia persona, queste povere oppresse, queste eterne analfabete, scopriranno Djamileh, di Bizet, la schiava magrebina che ama invano il sultano; Eleonora, la favorita di Alfonso, re di Castiglia, innamorata di un *parvenu*; la bella Eboli, di Verdi, che raggiunge Don Carlo in un giardino, accuratamente velata, per cantargli il suo amore. E naturalmente Carmen, l'eroina di Bizet, che – come me, come loro – ha conosciuto un'infanzia fatta di violenza e di abbandoni, un'infanzia che non le permette di amarsi...

«Malika?»

Sorpresa. Una donna si è fatta avanti. Tiene per mano una bambina.

«Non mi riconosci?»

È bruna, minuta, più o meno della mia età. No, non la riconosco. Ma dalla sua espressione delusa capisco che invece dovrei. Mi metto a scavare nella memoria, in cerca di dove potrei averla incontrata.

«Sono Sophie H...»

Sophie? Sophie H.? D'un tratto mi torna in mente. Il villino intonacato di fresco, vicino a casa nostra, in rue

Pascal. Il giardinetto nel quale avevamo piantato delle rose. Il cancello sempre mezzo aperto, attraverso il quale a volte m'infilavo dentro per giocare con i bambini che ci abitavano. Patrick. Sophie. Sophie che adesso è qui, con una bambina.

«Lei è Roxane» mi dice, «mia figlia.»

Resta in silenzio un istante, poi continua: «Tu ce l'hai fatta davvero. Noi, restiamo sempre dei semplici operai...».

Il ricordo di quella conversazione mi è rimasto vivo a lungo. Sophie ha ragione. Ce l'ho "fatta davvero". Perché sono una cantante lirica, perché mi esibisco in sale sempre più gremite, perché i critici cominciano a elogiare la mia voce? Sì, naturalmente. Ma anche perché con il passare degli anni ho fatto pace con me stessa e con gli altri. E perché mi sono riconciliata con una madre che detestavo. Sta invecchiando, Fatima. Ogni giorno diventa un po' più diafana. Djamiel, il più piccolo dei miei fratelli, è preoccupato.

«Capisci, Malika, il medico le ha prescritto una dieta. Deve evitare il sale, il burro e in genere tutto quello che è grasso, ma lei continua a fare di testa sua. E poi trascura di prendere le medicine. Quando gliele do le butta, dice che non le vuole, che sta bene così...»

Oh, come ti riconosco, madre mia, e come riconosco me stessa, anche. Abbiamo decisamente lo stesso brutto carattere io e te, la stessa testardaggine, la stessa rabbia di vivere, a dispetto di tutto. Rimprovero gentilmente Djamiel, gli suggerisco di lasciarti in pace. Depongo in tuo favore, in favore della tua tranquillità.

«Ascolta, Djamiel. Mamma è una forza della natura. Lasciala vivere. Smetti di scocciarla.»

Ahimè, è un errore. Non mi rendo conto del reale pericolo che ti minaccia, madre mia. Una sera di novembre squilla il telefono, è Djamila, e dalla sua voce capisco subito che deve darmi una brutta notizia.

«Mamma ha avuto un infarto» dice.

L'ospedale, ancora una volta. I corridoi, gli odori, le porte con il vetro che conosco così bene. Ogni volta che mi capita di tornarci, i ricordi sgorgano incontenibili. Ricordi di anni passati su un letto bianco, con il soffitto come unico paesaggio, e poi il ricordo della stanza nella quale ho visto agonizzare mio padre, di quella dove ho visto Hayat sulla soglia della morte. Tutte queste camere, tutto questo bianco, gli odori tipici d'ospedale, i ricordi, tutto questo mi dà un senso di nausea. Ma continuo a camminare, malgrado il malessere, finché arrivo nella camera di Fatima. È proprio lei, è mia madre? Come ha fatto la donna forte che ho conosciuto, la bella donna dal seno prosperoso e le braccia forti, dal viso irradiante sensualità, come ha fatto a trasformarsi così? La donna che giace su questo letto tra lenzuola bianche non è più lei, è solo una povera vecchia con il respiro corto, mantenuta in vita dai tubicini che le bucano la pelle. Appena la vedo mi sento invadere da una pietà profonda, e le lacrime, grosse, irrefrenabili, raggiungono i miei occhi in un istante, perché mia madre non è più mia madre, e io, Malika, posso finalmente avvicinarmi a lei, posare sulla sua fronte quel bacio che da tantissimo tempo avevo voglia di darle...

«Mamma? Mamma, riesci a sentirmi?»

Glielo sussurro all'orecchio. Le carezzo i capelli, un tempo così neri e adesso divenuti bianchi. Asciugo il sudore che le imperla la fronte, le scopro un po' il petto. E le parlo ancora, ma lei non risponde, nemmeno con gli occhi. Sta per morire? Ce la farà?

«Mamma?»

Cosa devo fare per ritrovare mia madre, quella vera? Cosa devo dire perché lei apra gli occhi e mi fulmini con lo sguardo, come ha sempre fatto? Non voglio che se ne vada. Non voglio che abbandoni questo mondo. Improvvisamente sento di avere un sacco di cose da dirle, da chiederle. E vorrei anche sapere, una volta per tutte, perché non mi ha mai amata. Come per scongiurare il destino, inizio a canticchiare lo *Stabat Mater*, la musica me la riporterà di certo, perché quella musica è una preghiera...

In qualche modo, posso dire di essere stata esaudita. Pur con molte difficoltà per reinserirsi nel mondo dei vivi, Fatima ce l'ha fatta. Ci sono voluti mesi di rieducazione perché potesse di nuovo anche solo stare seduta e alzare la testa. Non cammina, e non è nemmeno in grado di mangiare da sola, ma ha potuto lasciare l'ospedale e andare a vivere da Djamiel, l'ultimo, il più giovane di tutti i suoi figli. Voglio che lei sappia, attraverso queste righe, che anche se non ho più il coraggio di farle visita, di vederla in quello stato, non ho mai smesso di pensarla.

2004. Nanterre. Sono sempre di più quelle che vengono a "far musica" con me. Donne arabe o francesi, giovani o anziane, sposate o nubili, madri o ancora vergini, velate o no. E ognuna di loro ce la mette tutta per capire quello che insegno. Mani tatuate con l'henné, occhi neri dalle ciglia lunghissime, cercano di decifrare, come possono, i testi che consegno loro. A guardarle, mi sento come un'esploratrice che attraversa un territorio sconosciuto eppure già visto centinaia di volte in sogno. Conosco tutte le insidie del percorso, posso calcolarne ogni difficoltà. E alla fine del cammino c'è la scoperta di quanta gioia procuri un successo inatteso. A ogni incontro mi spingo un po' più avanti, un po' più in alto, propongo loro delle sfide più impegnative. Al punto che decido di portarle a cantare *Mignon* su un palcoscenico vero, quello del théâtre du Renard. E per cominciare spiego loro l'opera, frase per frase, parola per parola.

«Lothario, un musico itinerante, canta il suo dolore davanti a un gruppo di campagnoli: sta cercando sua figlia Sperata, scomparsa da tempo. Arrivano degli zingari, guidati dal crudele Jarno. Tra loro c'è un bambino, Mignon. Ha perso i genitori e non sa qual è la sua età; ricorda soltanto di essere stato rapito in un paese pieno di sole, l'Italia forse...»

Ancora Nanterre. *Mignon* procede, pur tra qualche difficoltà con la lingua. Non quella dell'opera; quella delle donne con le quali lavoro, alcune parlano soltanto l'arabo. A volte, per spiegare loro il significato di un verso, mi vedo costretta a tradurlo prima in un francese gergale, e poi anche in argot algerino...

Risate garantite. E grande entusiasmo dei bambini, presenti anch'essi, che si divertono da matti con i travestimenti creati per l'occasione. Quanto mi piace vederli sulla scena, carichi di orpelli vistosi e circondati dai musicisti! Pianoforte, clarinetto e violoncello quasi al loro servizio per farli ballare... Per il canto, è un'altra faccenda, è ancora tutto barbugliato, cacofonico, praticamente un "casino", come dice Christian, al mio fianco in questa avventura. Un casino? Sicuramente. Ma fa lo stesso. Quello che conta è che queste donne e questi bambini prendano gusto al sogno...

Marzo. Squilla il telefono. Rispondo. Dall'altra parte, la voce di un uomo.

«Buongiorno, mi chiamo Jean-Pierre, sono un giornalista della redazione di Mireille Dumas. Conosce il programma *Vita pubblica, vita privata*?»

Sì, conosco quel programma, e conosco anche Mireille Dumas, grande sacerdotessa della televisione. A volte mi capita di vedere i suoi programmi, li trovo di buon livello e buon gusto. Ma non capisco per quale motivo sia stata contattata dal mio interlocutore.

«Stiamo preparando un programma per France 3. Andrà in onda nel corso della settimana dedicata all'integrazione. L'ho chiamata per invitarla a partecipare.»

La settimana dell'integrazione? La cosa mi lascia piuttosto fredda. Intanto perché io mi ritengo già ampiamente integrata, e poi non ho alcuna voglia di fare l'araba della situazione. D'accordo, mi chiamo Malika, ma sono francese, lo ribadisco, anche se un giorno, un giornalista di France 2, sia pure gentilmente, è riuscito a dirmi: «Malika. Con un nome simile, per lei sarà difficile...».

«Malika» prosegue Jean-Pierre con voce accattivante, «prima di decidere qualunque cosa, forse possiamo fare due chiacchiere.»

Così mi trovo coinvolta in una conversazione interminabile, nel corso della quale il giornalista mi fa raccontare la mia vita praticamente *in extenso*. Un'ora buona più tardi, conclude: «Bisogna assolutamente che venga a raccontare tutto questo davanti alle telecamere. La sua è una storia incredibile!».

Su questo punto, sono d'accordo con lui. Per le telecamere, indugio ancora. Ma poi, quando mi spiega che prima di essere intervistata da Mireille verrà realizzato e trasmesso un servizio sulle donne e i bambini di Nanterre, riesce subito a convincermi, perché loro sì, se lo meritano davvero di andare in televisione, come si dice...

Non ricordo il giorno esatto in cui ho registrato la trasmissione. Però ricordo perfettamente che la produzione ci ha mandato un taxi, e con quello io e Christian abbiamo raggiunto gli studi di Boulogne.

«Insomma» ha detto mio marito, «sei diventata una VIP...»

Una VIP? Ma figuriamoci. E tuttavia, nelle ore che seguono ho l'impressione di vivere *Cenerentola* in diretta. Per cominciare, mi assegnano un ampio camerino, nel quale trovo un mazzo di fiori enorme. Gli assistenti di Mireille Dumas – che non ho ancora incontrato – mi riempiono di premure. Se non fosse per la tensione, percepibile, che abbiamo intorno – gente che va e viene, brevi conciliaboli, ordini dati a mezza bocca, facce tese – ci sarebbe davvero di che prenderci gusto...

«Ok, andiamo.»

Seguo la ragazza che mi conduce "sul palco", come dice lei. Attendo che mi sistemino un microfono sulla camicia e mi siedo. Arriva Mireille Dumas, mi sorride, mi tende la mano. Devo darmi un pizzicotto per esserne certa, ma è proprio così: io, Malika, sono davvero qui, in uno studio televisivo. Si accendono le luci. Si registra...

Un palcoscenico. Quello del théâtre du Renard. Oggi, 16 ottobre 2005, va in scena *Mignon*, di cui interpreto il ruolo. Nel coro, Cécile, Corinne, Denise, Françoise, Isabelle, Stéphanie, Arabia, Rama, Véronique, la gran parte delle donne con le quali ho lavorato sodo. Al pianoforte, Raphaelle e Sonia. Al violoncello, Thibault. La regia è di André. Christian ha il ruolo di Lothario, mio "padre" teatrale. Non ho il vestito rosso, ma un vecchio abito frusto, da ragazzo, chi se ne importa. Ho messo in piedi un'opera, la mia opera, e la sala è piena: è Chantal, alias Philine, che me lo conferma. Dietro le quinte fa molto caldo, tutti corrono, tutti bisbigliano, io ho mal di pancia, come di regola prima di ogni spettacolo, e prego che la voce non mi abbandoni, sento gli spettatori impazienti, là fuori, il tecnico delle luci accende i riflettori, i musicisti prendono posto, il grande sipario rosso si alza, già risuonano le prime note. Guardo i miei amici entrare in scena, uno dietro l'altro, e tra un attimo tocca a me, faccio tre passi di danza, un vocalizzo e voilà, entro a mia volta in scena. Sono Mignon, piccolo saltimbanco smarrito, né maschio né femmina, ma presto mi trasformerò in una stupenda ragazza. Attraverso questa storia d'amore e di gelosia, la magia del teatro mi renderà i miei ricordi, mi renderà la mia famiglia...

Epilogo

Ecco. Cala il sipario. Ho quasi finito. Mi resta da raccontare la serata di quella prima in cui interpretavo Rossini. Per l'occasione, una delle donne di Nanterre, tra le migliori sarte di Pierre Cardin, mi ha confezionato un magnifico vestito rosso. Con quel vestito fasciante e scarlatto, dal décolleté vertiginoso, nessuno avrebbe potuto riconoscere la piccola algerina finita sotto un camion e cresciuta alla meno peggio in una famiglia di pazzi. Eppure quella algerina sono proprio io. La prova? Ho appena comprato una vecchia casa di pescatori, a Mostaganem. Devo allestire in questa cittadina un cardine della mia esistenza, la mia opera feticcio, la *Carmen*. In Francia mi sento a casa. Ma anche laggiù, sulla spiaggia, di fronte al mare d'Algeria. Perché il mio paese, il mio unico paese, è quello della musica. È lei che mi ha permesso di superare tutto, di progredire, di diventare quella che sono oggi. Ma non si creda che io sia un caso unico. Per esperienza, so che non è così.

Perciò, al termine di questo libro, voglio dirlo a voce alta. A voi infelici, umiliati, feriti, reclusi nelle galere della Repubblica o nei pregiudizi dei suoi cittadini; a voi che avete sofferto e che ancora soffrite dico forte: alzate la testa!

Sognate! Credeteci! Progredite!

E soprattutto – soprattutto! – qualora vi venga il desiderio o la voglia: cantate...

Questo libro non è vendibile
se sprovvisto del presente tagliando
PROVA D'ACQUISTO
Piemme
LA BAMBINA...
566-0238-8